"힘들어서 주저앉았지만,
반드시 일어날 당신께。"

*"To the one who struggled and dropped down,
and who will get up for sure."*

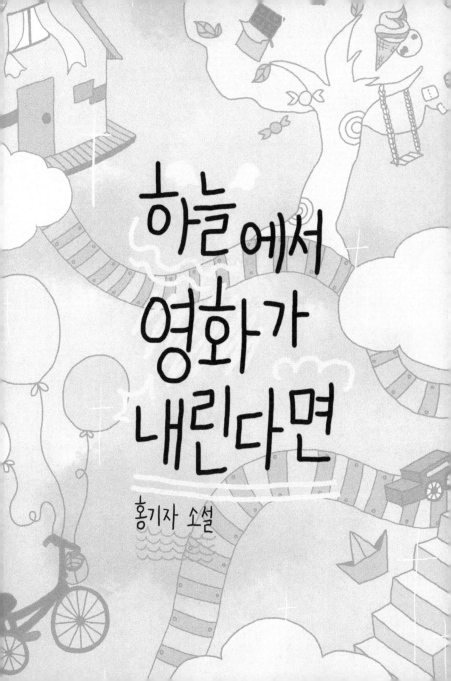

하늘에서 영화가 내린다면

홍기자 소설

창의적 사고란,

서로 다름을 인정하고
존중하는 것!

몽글몽글 하늘색 상상의 계단을
함께 올라가 보자.

안경렌즈와 테가 모두
초록색인 선글라스를 쓰고!

차 례

008 ★ 프롤로그

011 ★ 하늘에서 영화가 내린다면

113 ★ 참고 문헌

137 ★ 등장인물의 말

프롤로그

"엄마! 내가 내일 아침에 갑자기 백설 공주로 변한다면 어떻게 할 거야?"

"뭐? 그런 일이 어떻게 생기니?"

"아니, 만약, 만약에 말이야. 응?"

"어… 글쎄……."

"아니, 엄마는 상상도 못 해?"

"너도 참… 만약에 라는 게 어디 있니? 그런 일이 정말 일어나야 맞는다고 하지 일어나지도 않는 일을 상상하니?"

"엄마, 세상에는 그 만약에 라는 일이 종종 생겨."

"아유~ 경우야. 어쨌든 그런 일은 없어. 내일 입고 나갈 옷 챙겼지? 그리고 빨리 자. 또 허겁지겁 나가지 말고."

그 재미있는 상상을 하지 않다니, 경우는 정말 신기했다.

'만약에'라는 상상의 날개를 훨훨 펼치느라 밤을 꼬박 지새우기도 하는 딸 경우, 그 '만약에'가 절대 상상이 안 된다는 엄마, 현재.

요즘에는 MBTI에 관심 있는 사람이 많다. MBTI가 INFJ인 경우와 INTJ인 현재는 사사건건 부딪쳤다. 아주 오래전에는 현재도 N의 비율이 매우 높았다. 하지만 현실은 실질적 가장이 되어 각박한 결혼생활을 하느라 상상의 머리가 행방불명된 것 같다.

그리하여 현재는 N과 S의 비율이 60대 40으로 바뀌었다. 사실 현재도 상상으로 하지 못하는 일이 없었다. 제일 좋아하는 로보트 태권브이와 하늘을 날고, 우산으로 쏟아지는 총알을 막고, 별의별 상상의 날개를 폈었는데…….

그랬다. N의 비율이 90인 경우는 현재의 '원래 창의적인 상상의 방문'을 활짝 열어 주고 싶었다. 현실적인 문제들로 매일 힘들고 우울한 현재가 짧은 순간이라도 원래의 상상력을 펼친다면 조금은 행복하지 않을까?

어린 시절 맑은 마음으로 동화책을 읽을 때 씩씩해졌던 그 마음처럼 말이다!

자, 그럼 현재와 경우의 몽글몽글 하늘색 상상의 계단을 함께 올라가 보자. 안경렌즈와 테가 모두 초록색인 선글라스를 쓰고!

홍기자

하늘에서 영화가 내린다면

000 ★ 참고 문헌

000 ★ 등장인물의 말

01

"와! 덥네! 그치 엄마!"

"그래, 경우야, 정말 덥다."

"예전에 어떻게 마스크를 쓰고 다녔는지 모르겠다."

"그러니까. 정말 오래 썼지. 마스크를."

경우와 현재는 이제 딱 한 살이 된 반려견 범호와 미호
를 데리고 동네 산책로로 산책을 나왔다. 범호와 미호는

남매다. 벌써 무더위는 시작되었고, 아열대 기후가 되어가는 게 분명한 대한민국의 여름은 그야말로 매일 최고기온을 갱신 중이었다. 그나마 작년 여름처럼 마스크를 안 쓴 게 다행이었다.

고등학교 3학년인 여학생 경우는 아이돌 지망생.

예술가적 재능이 풍부한 경우는 MBTI가 INFJ인데 하루 중 많은 시간을 '상상'으로 행복을 채웠다. 그렇지않아도 조금 전에는 MBTI가 INTJ인 엄마 현재에게 '무더위를 와장창 깨부술만한 엄청난 아이디어'를 제공했는데 잔소리를 잔잔하게 들었다. 현재의 장기는 '뼈 때리게 잔잔한 잔소리 하기'이다.

현재도 원래 상상력이 매우 풍부한 N이지만, 결혼과 함께 현실적인 S로 변해서 이제는 N과 S의 비율이 비슷해졌다. 생계를 책임지고 있어서 더욱 그렇게 되었다. 그러나 현실적으로 될수록 이상하게도 맞지 않는 옷을 입은 듯, 순간순간 뭔가 불편했다.

'S인 듯 N인 듯 N인 듯 S인 듯 도대체 어떤 게 맞는 건지……'

그렇다. 현재는 혼란스러웠다.

동그란 모양의 파란색 진드기 방지 목걸이와 형광등처럼 밝은, 동그란 전구를 채운 수컷 범호는 화사한 노란색 하네스를 했다. '세상에서 제일 귀여운' 범호의 리드 줄을 잡은 경우는 현재의 두 발짝 앞에서 걸었다.

암컷 미호는 동그란 모양의 연두색 진드기 방지 목걸이와 역시나 형광등처럼 동그란 전구를 채우고 밝은 하늘색 하네스를 했다. 예쁜 미호의 리드 줄은 현재가 잡았다.

웬일인지 미호는 경우와 경우의 아버지인 재철은 잘 따르지 않고 오직 현재만을 따라서 미호의 리드 줄은 항상 현재가 잡았다. 사람을 너무 무서워하는 예민한 미호는 신기하게도 개들은 무서워하지 않았다. 오히려 개들과의 친

화력은 놀라울 정도로 좋았다.

그런 미호는 집 안에서의 모습과 밖에서의 모습이 사뭇 달랐는데 오죽하면 현재가 '아스라 백작' 같다면서 미호를 놀렸다.

반면 범호는 사람을 무척 좋아했다. 반대로 다른 개들과 외부 환경은 무서워해서 애교 많고 낙천적인 집 안에서의 모습과 밖에서의 모습은 또 달랐다. 범호는 참 순해서 "순둥아~ 우리 순둥이!"라고 불렀다.

아까 말했듯 범호와 미호는 남매다. 거리에서 어미를 잃고 헤매는 삼 남매를 시 보호소에서 구조했고 암컷 한 마리는 다른 가정으로 입양을 갔는데, 범호와 미호는 경우의 가정에서 입양했다.

다른 가정에서 입양한 암컷은 삼 남매 중 첫째인 것으로 알고 있다. 그리고 예민이 미호가 둘째, 순둥이 범호가 막내다.

생후 4개월이 막 되었을 때 입양했는데, 두 마리를 키우면 힘듦이 사실 두 배만 될 줄 알았다. 하지만 두 배가 아니라 네 배는 훌쩍 넘어서 현재와 경우는 사실 고생 중이었다.

특히 예민하고 사람 손을 타지 않는 미호 때문에 더욱 힘이 들었다. 보호자를 볼 때 마치 '소복 입은 귀신 본 것처럼' 기겁하며 도망 다니는 미호는 현재와 경우를 늘 좌절하게 했다.

현재와 경우는 체중 삼십 킬로그램이 훌쩍 넘는 골든 리트리버를 키워본 경험이 있어서 사실 좀 수월할 줄 알았다. 특히 현재는 원래 세퍼드부터 치와와까지 개를 여러 번 키워 봐서 더욱 그렇게 생각했다. 하지만 범호와 미호는 그와 결이 다른 어려움이 많았다.

일단 키우던 여러 마리의 개들은 새끼 때 지인에게서 '키워 달라고' 가정 분양을 받아 처음부터 키우게 되었다. 그래서 개가 '저 사람은 내 보호자'라는 당연한 마음을 가

졌고 서로의 관계는 명확한 '반려견과 반려견 주인'이었다.

그러나 구조한 유기견은 어리든 성견이든 구조 전부터 구조한 후의 다양한 상황을 거쳐 새로운 가정으로 입양을 와서 처음부터의 당연한 관계가 어렵다. 그것을 극복해 가는 과정이 '결이 다른 어려움'이었다.

시 보호소에서 유기견을 입양한 이유가 있다. 현재와 경우는 동네 유기견인 새끼 골든 리트리버를 개인 구조하고 오랜 기간 정성으로 보살핀 후 해외로 입양 보낸 그때부터 결심한 게 있었다.

바로 '개를 다시 키우게 된다면 유기견을 입양하겠다.'라는 것이었는데 범호와 미호는 그 결심 이후 첫 번째로 실천한 '입양 가족'이었다.

"아니, 경우야! 조심해! 조심하라고! 또 넘어진다고. 줄을 좀 짧게 잡아! 발바닥 전체로 탁탁 뛰지 말고 까치발 하듯이 앞 발바닥으로 부드럽게 뛰란 말이야!"

"아! 맞다!"

미호의 리드 줄을 잡고 경우의 뒤를 천천히 따라가던 현재가 갑자기 다급하게 외쳤다. 당황해서 목소리가 삐끗하고 뒤집어졌다. 왜냐하면 경우가 범호와 함께 뛰기 시작했기 때문이었다.

범호의 리드 줄을 아주 길게 잡은 경우가 걷다가 먼저 뛰니까 생기발랄하게 신난 범호는 꼬리를 마치 프로펠러처럼 빙글빙글 돌리면서 리드 줄을 강하게 끌며 뛰기 시작했다.

그 바람에 미호가 덩달아 범호를 따라 뛰면서 현재도 생각지 않게 뛰는 상황이 되었다. "어, 어, 어," 하면서 범호한테 또다시 끌려가는 경우를 보며 현재는 등에 식은땀이 죽 나면서 심장이 쿵쾅거렸다.

현재의 외침을 들은 경우는 얼음이 된 듯 순간 멈칫했다. 그러면서 얼른 범호의 리드 줄을 좀 더 짧게 잡고서는 앞 발바닥으로 다시 콩콩 뛰기 시작했다. 뛰는 모습이 조금 우스꽝스럽게 보였지만 사실 그렇게 뛰는 까닭이 있었다.

정확하게 두 달 하고 이틀 전이었다.

그러니까 저런 비슷한 모양새로 뛰던 경우가 심하게 넘어졌다. 아주, 아주 '처참한 몰골로' 넘어졌는데 표현하자면, 절벽 위의 엄청 커다란 바위가 다양한 모양의 돌덩이로 와자작 깨지면서 우르르 구르는 것 같은 엄청난 소리가 났다.

현재는 지금까지 살면서 사람이 넘어질 때 나는 "우당탕!"이라는 소리는 만화책에서나 나오는 소리인 줄 알았는데 놀랍게도 현실 세계에서 들었다는 것에 정말 충격을 받았다.

경우가 그렇게 '만화책에서나 있거나 난다고 생각한' 처참한 모습으로 요란하게 넘어진 이유는 이랬다. 바로 리드 줄을 길게 잡고서는 빠르고 세게 달리는 범호를 따라가

다가 속도를 놓치며 발이 꼬이는 바람에 그랬다.

백 미터를 이십이 초에 뛰는 '거북이'라는 걸 까맣게 잊고 '엄청 빠른 개'와 뛰었던 경우의 명백한 실수였다. 그것도 경우가 먼저 뛰었다. 물론 경우는 이 사고로 크게 다쳤다.

오른쪽 무릎은 뼈가 보이기 직전까지 피부가 푹 패여 벗겨지고, 줄을 잡지 않았던 왼쪽 손바닥은 바닥에 확 쓸려 역시 피부가 벗겨져 피가 흐르고, 오른쪽 허리 옆과 오른쪽 엉덩이 옆에 심한 타박상을 입었다.

경우는 리드 줄을 오른손으로 잡았고, 범호를 보호하겠다고 줄을 끝까지 잡았는데 앞으로 뛰어나가려는 범호와의 반동 때문에 경우는 몸의 오른쪽 부분으로 완전하게 넘어져서 오른쪽 부분이 크게 다쳤다.

이 사고로 경우는 병원에 약 두 달 정도를 다니며 굉장히 고생했다. 다행히 수술까지는 안 했지만 거의 수술한 것과 같은 정도의 고통과 고생의 시간을 겪었다.

경우가 범호와 갑자기 뛰는 순간 현재는 불현듯 2020 년도가 생각났다.

  지금도 너무 보고 싶은, 해외로 입양 간 골든 리트리버 '이삭'. 이삭이와 산책할 때도 경우가 두 번을 크게 넘어져서 다쳤는데 이삭이를 구조하고 돌본 시기는 2020년이었다. 코로나19로 세상이 완전히 바뀌어 버린 암흑의 시기였다.

저 앞 '새순 약국' 앞에 사람들이 줄지어 서 있다. 줄이한 90미터 될까? 100미터는 조금 안 되는 것 같다. 하교후에 가족들 마스크를 사러 약국에 온 경우는 상상의 나래를 펴며 한참 땅을 보고 걷다가 '이제는 약국 앞'인 듯해고개를 번쩍 들었다.

별생각 없이 고개를 든 경우는 그 90미터 줄을 가까이에서 직접 보자 '앗! 깜짝이야!'라고 중얼거리면서 흠칫 멈췄다. 갑자기 얼음이 된 듯 움직이지 않고 있다가 여기가 '새순 약국'이 맞는지 눈을 가늘게 뜨고는 괜히 간판을 올려다봤다. '새순 약국', 맞았다.

아가들을 유혹하는 캐러멜 맛 영양제는 물론, 맛있게 꼭꼭 씹어 먹으라고 알록달록한 색깔의 당부 글을 아주 큼지막하게 쓴 '껌 영양제' 등 약국은 웃기게도 먹고 싶은 게 참 많았다.

그래서 경우는 평소 무슨 마트에나 간 듯 약국에 오는 게 즐거웠다. 병원 처방 약은 눈에 들어오지도 않았고 그런 '달콤한 영양제'의 기억으로 꽉 찬 약국인데, '세상에나, 마스크를 사려고 이렇게 긴 줄을 섰다니!'라고 놀랐다.

경우는 열아홉 살 평생을 살다 살다 약국 앞에 사람이 늘어 서 있는 것을 본 적도 없지만, 그것도 만만하게 짧은 줄도 아닌 '그렇게 긴 줄'은 정말 처음 본 광경이었다. 무슨 아이돌 콘서트 현장의 굿즈 판매 줄도 아니고 말이다.

"아! 거기 하악생~~! 줄 서요, 줄!"

"거, 새치기하지 맙시다들!"

약국 앞에 늘어선 사람 중 유난히 눈에 띄는 동그란 노란색 부채로 연신 부채질을 하는 단발머리의 어떤 아저씨가 부채를 쥐지 않는 다른 손을 휘이휘이 흔들면서 경우에게 소리를 꽥 질렀다. 무척 더운 날이어서 줄 선 사람들의 얼굴은 너나 할 것 없이 짜증이 가득했다.

사람들 줄 중간쯤 옆에 엉거주춤 거북목을 하고 서서는 흐린 눈으로 새순 약국 간판을 올려다보던 경우는 순간 어깨를 움찔했다. 동시에 흐린 눈을 번쩍하고 뜨면서 '동그란 노란 부채를 펄럭펄럭 부치는 단발머리 아저씨'에게 반사적으로 꾸벅 인사했다.

새치기한 것도 아닌, '굿즈 줄과 같은 약국 앞 긴 줄'의 신기함에 어안이 벙벙해 약국 간판을 올려다봤을 뿐인 경우였다. 이유가 어쨌거나 민망함에 얼굴이 벌겋게 된 경우는 어정쩡한 걸음으로 90미터의 가장 끝자리로 뛰어갔다.

원래 예의를 중요하게 여기고 낯을 엄청나게 가리는 경우는 민폐를 끼치면 안 된다는 생각으로 서둘러 걷다가 그만 양쪽 발이 꼬여서 앞으로 쿵 넘어졌다. 아무튼 넘어지는 건 '넘버 원 경우'다. 이건 현재의 표현이었다,

그렇게 낯가리는 경우가 창피해서 빛처럼 빠르게 일어났는데 아픔보다는 사실 쥐구멍을 찾고 싶었다. 나중에 집에 와서 보니 경우의 왼쪽 무릎이 까져서 청바지 무릎에 피가 새어 나와 있었다.

어쨌든 경우는 90미터 가장 마지막 줄에 섰다. 시간이 조금 흐르니까 창피함보다는 무릎의 통증이 슬슬 느껴져 오른쪽 손바닥 가장자리를 동그랗게 모아 무릎을 괜히 꾹꾹 눌렀다.

'오늘부터 본인 것 포함 가족들 것까지 살 수 있다고 하니까 사람들이 많이 왔나 보네!'

'공적 마스크 대리 구매' 제도 시행일이었다. 지금까지의 개인적인 마스크 구매일은 현재가 월요일, 재철은 수요

일, 그리고 경우는 목요일이었다. '공적 마스크 대리 구매' 제도 시행일인 오늘은 다른 날보다 학교 수업이 일찍 끝난 경우가 약국에 왔다.

푹푹 찌는 더위가 바로 코앞이고 지금부터도 더운데 도대체 마스크를 어떻게 계속 쓰고 다닐지 참 걱정이었다. 가뜩이나 더위를 많이 타는 현재와 경우는 답답한 KF 마스크가 정말 무서웠다.

경우의 가족은 사실 2020년 초반부터 마스크를 썼다. 2020년 1월에 '코로나19'가 세상에 확실하게 알려지면서 사람들은 감염 예방을 위해 마스크를 써야 했는데 이때만 해도 마스크를 쓰지 않은 사람들이 더 많았다.

그러나 기간이 지날수록 마스크를 쓰는 사람들이 많아졌고 그것이 암묵적인 의무화 비슷하게 자리 잡으면서 3월부터는 대부분의 사람이 마스크를 썼다.

그러니까 사람들이 마스크를 잘 쓰지 않던 1월부터 경우의 가족은 철저하게 마스크를 썼다. 현재가 2020년 늦

가을에 암 진단을 받고 초겨울에 암 수술을 했는데, 현재가 가족들에게 마스크를 일찍부터 쓰게 한 건 어찌 보면 본능적인 선견지명이 있었다는 생각이 들어 등골이 서늘했다.

대수롭지 않게 끝날 줄 알았던 코로나19는 장장 만 3년간 전 세계를 강타했다.

"경우야, 너 흑사병이라고 들어 봤니?"

"흑사병? 어, 들어 봤지. 페스트라고도 부르지 않아?"

"그렇지. 그렇게도 많이 부르지."

"그런데 흑사병은 왜?"

"엄마는 지금 이 코로나19가 중세 시대의 흑사병과도 약간 비슷하다고 생각해."

"왜 그렇게 생각해?"

현재가 거실 수납장 두 번째 칸 서랍을 드르륵 열었다.
그리고 한 장, 두 장 여러 장을 옆으로 세워서 잘 포갠 흰
색 마스크를 서랍에 넣었다. 경우가 장장 47분을 기다리면
서 사 온 마스크다.

'아이돌 굿즈 판매 줄'과도 같던 약국 줄 가운데쯤에서
동그란 노란색 부채를 연신 펄럭이던 단발머리 아저씨의
잔소리를 듣고 넘어져 가면서, 90미터 가장 뒷줄로 뛰어
가 산 그 마스크!

마스크를 다 넣고 서랍을 밀어 쿵 닫은 현재는 살짝 숙
였던 상체를 '아구구' 하면서 일으켰다. 상체를 다 일으키
고는 몸을 오른쪽으로 돌려 경우에게 '흑사병'을 아느냐고
물어봤다.

"14세기 흑사병(Black Death) 또는 역병(Plague, 플레
이그), 대역병(Great Plague, 그레이트 플레이그) 사태는
1346년에 유럽 동부에서 본격적으로 시작되어 1353년까

지 유럽 전역을 강타했던 대규모 전염병의 유행을 이른다. 음, 나무위키 출처에 이렇게 쓰여 있네."

"그렇지. 유럽 전역을 강타했다고 했잖아? 흑사병이?"

"그래, 크게 관심을 가지지는 않았는데…… 유럽의 피해가 컸구나!"

"어느 대륙에서나 코로나19로 피해를 보았지만, 특히 유럽에서 피해가 컸거든."

"맞아. 기억나. 이탈리아도 엄청났었지."

"물론 흑사병 창궐 시기에도 폴란드나 벨기에의 환자 사망률은 20%였지만 80에서 90%에 이르는 사망률을 보인 국가도 있다는 기록이 있단 말이야."

"와! 90%면 거의 국가가 없어질 정도의 끔찍한 사망률 아냐?"

"그러니까. 흑사병으로 유럽 인구의 3분의 1에서 절반이 사망했다고 하니 당시 유럽의 피해가 얼마나 컸던 것인지 알 수 있지."

왼쪽 손 엄지와 오른쪽 손 엄지를 위, 아래로 연신 움직이면서 휴대전화 화면을 터치하던 경우가 나중에는 휴대전화 화면에 들어갈 정도로 집중했다. 현재는 그런 경우의 양쪽 어깨를 양손으로 잡고 등 쪽으로 죽 당겨서 펴준 뒤, 오른쪽 주먹을 쥐고 다시 평평하게 편 등 전체를 시계방향으로 천천히, 둥글게 문질러 줬다.

경우는 기어들어 간 목만 간신히 뺀 채 여전히 휴대전화 화면에서 눈을 떼지 못 했다.

"엄마가 흑사병을 말해서 그런데, 나는 솔직히 좀 놀랐어."

"놀라다니?"

"유럽이 사실 선진국이잖아. 그런데 마스크 착용 인식부터 시작해서 의외라고 해야 하나? 위생 면에서부터 모든 게 그렇더라. 생활 방식과 마인드도 옛날스러운 게 많고."

"긍정적으로 생각하면 기존 문화를 잘 유지한다고 할

수 있는데 또 지금의 디지털 세상과는 좀 동떨어진 생활 문화라고 해야 하나, 그런 것들이 있는 건 맞는 것 같아."

"하긴 프랑스에서 하이힐이 생긴 유래를 알면 이해가 되기도 한다."

"맞아. 하이힐은 17세기에 프랑스에서 처음 만들었는데 만든 이유가, 거리에 오물이 하도 넘쳐나는데 걸어야 하니까 만들었다고 하잖니. 당시에는 화장실이 없으니까 거리에서, 정원에서 아무 곳에서나 볼일을 봤다고 하니까 말이야."

"유럽은 아직도 상, 하수도 시설이 잘 안된 곳이 많을까?"

"글쎄다. 직접 가보지 않아서 잘 모르겠지만 한국처럼은 잘 안 되어 있을 것 같기도 해. 잘된 곳도 분명히 있겠지만 말이야. 비율로 생각하자면, 한국은 대부분 잘 되어 있잖니."

"그러니까. 그런 시설과 문화 때문에 전염병 창궐이 더욱 엄청났을 수도 있겠어. 디지털 시대가 되었는데도 유럽이 코로나19로 큰 피해를 본 이유가 그때와는 또 다른 이유가 있겠지만 말이야. 바뀌지 않는 그 무언가가 있어서 그런 것도 같아."

현재는 늘 궁금했었다. 14세기에 유럽 동부에서 시작된 흑사병이 유럽 전역을 강타한 최악의 전염병이 된 이유가 말이다. 코로나19의 피해가 속속 이어지면서 '코로나19는 제2의 흑사병'이 아닐까 하는 의구심이 들 정도로 유럽의 피해에 관심이 컸다.

앞으로 코로나19와도 같은 폭풍우가 종종 들이닥칠 텐데, '모습만 다른 새로운 흑사병'은 또 얼마나 지구촌을 흔들까………. 현재는 두려운 숙제가 잔뜩인 지구의 미래가 보이는 듯했다.

경우가 범호와 마구 뛸 때, 코로나19 시작으로 너무나 막막했던 2020년이 떠올랐던 현재는 퍼뜩 정신을 차리고 현실로 돌아왔다.

현재와 경우는 범호와 미호에게 시원한 물을 먹이려고 산책로에 있는 짙은 갈색 벤치에 앉았다. 여기 산책로는 깨끗하게 관리가 되고 있는데 특히 길의 짧은 간격마다 벤치 배치가 잘 되어 있는 점이 가장 좋았다.

혼자 운동하든 개를 데리고 산책하든 앉을 자리는 꼭 필요한데, 벤치가 배치되어 있지 않은 공원이나 산책로가 의외로 많았다.

'범호', '미호'라고 각각 이름을 쓴 사각의 실리콘 물그릇에 코를 박고 허겁지겁 물을 먹는 범호와 미호를 보자니 현재와 경우도 목이 말라 동시에 침을 꿀꺽하고 삼켰다.

"찹, 찹, 찹" 개가 물 먹는 소리는 언제나 듣기 좋다. 경우는 벤치에 놓은 산책 배낭을 뒤적이다가 페트병 콜라를 꺼내 집어 들고는 딱하고 야무지게 뚜껑을 열었다.

"꿀꺽, 꿀꺽!"

개가 물 먹는 소리인 "찹, 찹, 찹"과 경쟁하듯 경우의 "꿀꺽, 꿀꺽" 소리는 만만찮게 우렁찼다. 콜라를 너무 좋아하는 경우는 물보다도 콜라를 많이 마셔서 현재한테 늘 꾸지람을 듣지만, 콜라를 조금 마신다는 건 너무 힘들었다.

경우는 요즘에 제로 콜라를 마시면서 "제로 콜라는 괜찮다.”라고 하며 합리화시키는 중이었다. 현재의 따가운 눈초리가 느껴졌지만, 경우는 허공을 보면서 괜히 딴청을 부렸다.

“와~! 팝콘이 날 부르는구나!”

“왜, 콜라 먹으니까, 영화관에 가고 싶니? 팝콘도 생각나고?”

“아~ 물론이지 엄마! 영화관에서는 당연히 콜라와 팝콘이지!”

경우의 목덜미를 타고 연신 넘어가는 콜라 소리와 ‘팝콘’이라는 단어를 듣자니 현재도 영화관에 가고 싶어졌다. 현재와 경우는 물론 경우의 아빠인 재철까지 모두 영화를 좋아해서 영화관에 자주 갔는데, 아무리 못 가도 한 달에 한 번씩은 갔었다.

그런데 현재가 기저질환과 심한 알레르기가 있어 코로나 백신을 맞지 못해 영화관 등 시설에 들어가지 못하니까 백신 접종을 한 경우와 재철까지 영화관에 못 간 지가 꽤되었다.

현재를 두고 경우와 재철만 영화관에 가는 게 미안하니 미루다가 계속 안 가게 되었다. 이제는 코로나19 위험 단계가 4급으로 낮아지면서 많은 곳을 자유롭게 다닐 수 있지만 그간의 생활이 '코로나19' 이전의 생활로 불쑥 돌아가는 게 쉽지 않았다.

습관이 참 무섭다고 하더니 만으로 3년 넘는 '코로나19' 생활이 한국은 물론 전 세계 사람들의 생활 습관과 문화의 방향을 바꿔 놓은 건 분명했다. 이렇게 영화관에 갑자기 가고 싶을 때 꼭 영화관이 아니라도 영화를 볼 수 있다면 얼마나 좋을까? 휴대전화 화면이 아닌 아주 커다란 화면으로 말이다.

"엄마, 이 선글라스 써 봐."

현재와 함께 갈색 벤치에 앉은 경우가 산책 배낭의 제일 앞 지퍼를 촤라락 열더니 선글라스 두 개를 꺼냈다. 안경렌즈와 테가 모두 짙은 초록색 선글라스였다. 눈이 시원

할 정도로 아주 선명한 초록색.

"아유, 선글라스를 안경집에 넣어야지 그냥 이렇게 넣었어?"

"어, 엄마, 선글라스를 안경집에 넣으면 신비의 능력이 없어져."

"신비의 능력?"

"그렇다니까? 이걸 쓰고 하늘을 한번 봐봐."

현재는 경우의 장난에 맞춰 주면서 안경렌즈와 테가 모두 짙은 초록색인 선글라스를 조심스럽게 썼다. 그런데 선글라스를 쓰자 마치 소나무 가득한 숲속에 있는 것처럼 싱그러운 느낌이 들었다. 싱싱한 소나무 향이 나는 듯해 현재는 콧구멍을 벌렁거렸다.

"아니, 경우야. 뭐 이런 신기한 선글라스가 있어? 막 이상해, 마음이."

"그치. 숲속에 있는 것 같고, 소나무 향이 엄청나게 나지?"

"응!"

초록색 선글라스를 쓴 현재가 믿을 수 없다는 듯 주위를 두리번거리며 흥분했다. 좀처럼 들뜨지 않는 현재가 한껏 높은 목소리로 말하자 경우는 기분이 좋아 아래, 위 하얀 치아를 한껏 드러내고 웃었다.

"엄마, 하늘을 봐. 어떻게 보여?"

"어, 까맣게 보이네? 지금 오후 6시인데 왜 까맣게 보이지?"

"응, 엄마, 한번 말해 봐. 엄마가 보고 싶은 영화 제목."

"영화 제목? 어떻게 말해? 너 지금 장난하는 거지. 그치!"

"아휴, 엄마! 신비의 선글라스라니까? 그럼 내가 말한다?"

현재는 갈색 벤치에서 앉았다 일어났다 하면서 연신 들뜬 목소리로 어쩔 줄 몰라 했고 경우는 아이 같은 현재의 모습이 너무 재미있었다. 벤치에 앉았다가 얼굴이 빨개져서 다시 일어난 현재의 양쪽 어깨를, 경우가 잘난 척하

듯 양쪽 검지와 중지를 죽 펴서 지그시 눌렀다.

"워, 워 엄마, 진정해."

그제야 진정하고 갈색 벤치에 앉은 현재는 홀린 듯 하늘을 올려다봤다. 도대체 경우가 무슨 말을 하는 건지, 이런 상황이 뭔지 알 수 없었지만, 무엇인가 근사한 일이 일어날 것 같았다.

05

"엄마, 엄마가 좋아하는 홍 기자님 있잖아."

"응, 홍 기자 작가님."

"홍 기자님 장편소설인 <안갯속 그녀_리턴>이 영화로 나왔잖아."

"맞아. 나중에 영화관에 가서 꼭 볼 거야."

"여기서 바로 볼 수 있어."

"뭐라고?"

"여기서 볼 수 있다고. 보여 줘?"

도대체 무슨 말인지, 현재는 갑자기 선글라스를 벗고 왼쪽으로 고개를 돌려 경우를 쳐다봤다. 선글라스를 벗으니 눈이 부셔서 현재는 눈을 잔뜩 찡그렸다. 실눈을 하고 고개를 들어 하늘을 올려다보니 하늘에 흰 구름이 하나, 둘, 세 개가 떠 있다.

"아, 엄마! 선글라스 쓰라니까?"

경우는 목소리가 삐끗하며 현재에게 선글라스를 쓰라고 재촉했다. 현재는 깜짝 놀라 양쪽 엄지, 검지, 중지에 힘을 잔뜩 주고 짙은 초록색 선글라스를 집어 다시 썼다. 선글라스를 쓰고 하늘을 올려다보니 아까처럼 검은색이었다.

현재는 오른쪽으로 고개를 돌렸다. 정면으로 볼 때와는 다르게 별이 총총히 박힌 검은색 별빛 하늘이었고, 왼쪽으로 고개를 돌리니 별자리가 죽 박힌 역시 검은색 하늘이었다. 오른쪽의 꼬마별들도 왼쪽의 별자리들도 너무 예뻤다.

마치 숲속에 있는 듯 평안한 느낌, 코안에 가득 퍼지는 싱그러운 소나무 향기…….

"자, 엄마, 이제 시작이야!"

"응, 뭔지 잘 모르겠지만 시작해 봐!"

"의자를 젖혀 주세요!"

경우가 스마트폰을 조작하면서 조용히 속삭이자, 갈색 벤치의 등받이가 뒤로 살짝 넘어갔고, 다리를 올릴 수 있는 발판이 알맞게 올라왔다. 영화관의 리클라이너 같았다. 아니, 편한 리클라이너에 앉은 게 맞았다.

"자, 엄마, 여기 보이지. 스마트폰에서 영화관람 요금을 결제하는 거야. 결제 완료!"

문득 벤치 아래를 보니 생기발랄한 범호와 미호는 기특하게도 엎드린 채 잠들어 있었다. 세상에, 개들이 밖에서 산책하다가 잠들다니. 놀랄 노 자다.

"안갯속 그녀_리턴, 보여 주세요!"

범호와 미호를 내려다보던 현재는 경우의 목소리를 듣고 급히 고개를 들어 검은 하늘을 봤다. 검은 하늘에 투명한 하늘색 커튼이 빠르게 확 내려왔다가 마치 블라인드 올라가듯 다시 위로 올라갔다, 올라갈 때는 천천히 올라갔다.

현재의 가슴이 빠르게 쿵쿵 뛰었다. 뭔지는 정말 모르겠지만 일단 경우가 하자는 대로 하고 싶었다.

06

검은 하늘에 <안갯속 그녀_리턴>이라는 회색빛 영화
제목이 뜨고 음악이 잔잔하게 흘렀다. 우울하면서 슬프고
도 아름다운 오프닝 OST였다. 현재는 검은 하늘의 스크린
으로 깊이 빠져들었다,

『현우 아버지는 경찰서에 급한 일이 생겨 병원에서 먼

저 나가셨고 현우는 미희 어머니와 미희 옆에서 두 시간여를 함께 있다가 집에 가기 위해 일어섰다. 병원 1층 현관문을 여니 아까와는 사뭇 다른 찬바람이 어깨를 깜짝 놀라게 하며 움츠리게 했다. 미희는 현우가 그런 자기 모습을 볼까 봐 어깨를 얼른 쭉 폈다.

미희는 서점에서 일하다가 병원에 급히 오느라 얇은 긴 팔 티셔츠만 입고 왔는데 미희를 물끄러미 보던 현우가 입고 있던 파란색 체크무늬 남방셔츠를 벗어 미희 어깨에 가만히 둘러 주고는 양쪽 팔 부분을 잡아 풀어지지 않게 한 번 묶어 줬다.

흰색 긴 팔의 면 티셔츠를 입은 현우는 목을 한 번 움찔하더니 미희를 보며 씩 웃었다. 참 좋은 현우의 웃음.

"너 춥잖아."

"응, 조금 춥지만 난 집에 가잖아. 넌 병원에 있을 거고."

말수가 적은 현우는 늘 그렇게 과하지 않은 행동으로 미희를 지켜주는 '조용하지만 남자다운 친구'였다. 남자친구는 아니라고 생각하지만 아니, 남자친구는 아니지만, 미희의 마음 가득히 의지가 되는 좋은 친구 현우…….

병원 건물과 병원 공원이 연결된 잔디 속 돌길의 비뚤비뚤한 돌 하나씩을 사이좋게 나눠 가지런히 밟으면 저벅하고 돌과 신발이 만나는 소리, 사이가 유독 가까운 돌을 밟을 때면 수줍게 스치는 현우와 미희의 팔, 현우의 남방 셔츠를 다시 추스를 때마다 미희의 목덜미에 느껴지는 차갑고 알싸한 늦은 밤의 차분한 공기,

설레는 듯
아닌 듯
까만 밤하늘의 별이
그런 현우와 미희를 내려다보며 미소 짓는 듯했다.

일요일 아침이었다. 교회 고등부 예배에 가려면 서둘러 빨래를 널어야지.

고등부는 중등부 예배 시간보다 한 시간이 일러 미희는 더욱 부지런히 움직였다. 고등학교 2학년이 되니 무엇이든 시작 시각이 일렀다.

5층 아파트 베란다 중 유일하게 창틀과 창문이 안 되어 있는 집이 바로 미희의 집이었다. 여름은 괜찮은데 겨울에는 베란다 창문을 열기가 두려울 정도로 추운데 오늘은 3월 14일, 아직은 쌀쌀하지만, 저 멀리 도로 위에 아지랑이가 작게 몽글몽글 올라오는 봄이 반갑기만 했다.

미희는 빨래 더미가 담긴 분홍색 플라스틱 대야를 들고 나와 바닥에 놓고서는 잠시 베란다에 기대어 아파트 앞산 초입에서 이제 슬슬 일어나려고 하는 띄엄띄엄 키 작은 아기 개나리를 보고 있다.

아기들은 다 예뻐.

그런 미희를 쳐다보는 뒷모습이 있다. 현우다.

미희는 세수하고 바로 나왔는지 얼굴이 말갛다. 그 얼굴을 보며 현우는 얼굴이 문득 붉어져서는 '흠!'하고 괜히 헛기침했다. 아기 개나리를 보고 있던 미희는 소리 나는 쪽으로 고개를 돌렸다.

"어? 현우야, 어쩐 일이야?"

평소와는 다르게 쭈뼛거리며 서 있는 현우가 낯설어 미희는 일부러 더욱더 반갑게 인사했다.

"응, 이거… "

"뭐야? 와~ 예쁘다!"

밝게 웃는 미희를 보고 새삼 용기가 나는지 현우는 베란다 쪽으로 아주 가까이 다가와서는, 까치발을 조금 하고 베란다 위쪽으로 바구니를 건넸다. 예쁜 사탕 바구니다. 사탕 한 알마다 빨강, 노랑, 파랑, 보라 등의 셀로판지로 싸서 금색 리본으로 양쪽 귀를 묶은 사탕이 바구니 속에 너도, 나도 자리를 차지하고 있었다.

"이걸 네가 다 포장한 거야?"

얼굴이 붉어진 채 고개를 한번 살짝 끄덕이는 현우. 큰 손으로 셀로판지를 조그맣게 잘라 사탕 하나씩을 일일이 포장하고 금색 리본 줄은 더욱더 가늘게 잘라 양쪽을 묶었을 현우를 생각하니 미안하기도 하고 고맙기도 한 미희다.

이럴 때 "뭐, 이런 걸 가져와."라고 하면 분위기가 어색해질 거야.

"와! 리본 묶는 건 난이도가 완전 높았겠다!"

"응, 맞아!"

미희의 장난기 있는 답을 듣고서야 긴장이 좀 풀리는지 현우는 예의 그 환하고 청결한 웃음을 웃었다. 봐도 또 봐도 참 좋은 현우 웃음. 현우 웃음을 보고 있으면 마음이 편안해졌다.

"고마워, 현우야. 정말이야."

사탕 바구니를 두 손으로 소중하게 들고는 착한 반달눈으로 웃는 미희 얼굴을 멍하니 보다가 현우는 깜짝 놀라 허둥지둥 뒤돌아서 빠른 걸음으로 막 걷다가 삐끗했다.

"어, 어, 현우야, 조심해!"

"괜찮아, 나는. 안 넘어져!"

현우는 뛰어난 운동 신경으로, 넘어지기 전에 몸의 중심을 잡고 뒤로 돌아선 채로 오른쪽 팔을 위로 번쩍 들고는 손을 흔들면서 소리치고 뛰어갔다.

"미희야, 간다!"

현우야, 그렇게 뛰면 넘어진다니까.

현우는 미희가 멀리 이사 갔다는 소식을 교회 친구면서 동시에 학교 친구인 명혁이한테 들었다. 들은 건 4월 14일, 미희한테 화이트데이 사탕 바구니를 건네고 딱 한 달 뒤였다. 어디로 이사 갔는지 아는 친구는 한 명도 없었다.

현우는 학교 수업이 끝나자마자 책가방을 집어 들고는 집에도 들르지 않고 곧장 미희의 아파트로 뛰어갔다. 등 뒤에 땀이 흘러 면 티셔츠가 흠뻑 젖는 것도 모른 채 20분 거리를 7분 만에 뛰어갔다.

미희의 베란다 앞에 도착하고서는 두 손을 양쪽 무릎에 짚고 상체를 숙여 헉헉 숨을 고르고 있는데 베란다 창문이 스르륵 열리며 기척이 들렸다. 고개를 들어서 보니 갓난아기를 업은 젊은 아주머니였다.

아주머니는 베란다의 주황색 빨랫줄에 걸린 아기의 흰색 면 기저귀를 오른손으로 한 장씩 걷어 왼쪽 팔에 착착 걸었다.

미희네 베란다에 있던 짙은 체리 색깔 큰 장독대 한 개, 역시 짙은 체리 색깔 중간 크기의 장독대 두 개, 황토색의 제일 작은 장독대 한 개가 보이지 않았다.

큰 장독대 위에 늘 놓아두었던 분홍색 플라스틱 대야도 보이지 않았다. 현우의 가슴이 쿵쿵 세차게 뛰며 순간 어지러웠다. 하늘과 땅이 빙빙 도는 것처럼 마구 흔들려서 멀미가 나는 것 같았다.

아주머니가 기저귀를 다 걷어서 들어간 뒤 베란다 창문을 '탁' 소리가 나게 닫을 때까지 현우는 발바닥이 바닥에 딱 붙은 듯 움직일 수가 없었다. 가슴 속에서 울컥거리며 매운 연기가 함부로 올라오는 것처럼 시큰하고 아프면서 눈에 눈물이 가득 차올랐다.

　아파트 앞산 초입에 한가득 모여 있는 키 작은 노란 개나리는 어느새 훌쩍 커서 아기 티를 벗고 있었다. 고등학교 2학년 현우와 미희처럼.』

　영화의 엔딩 크레딧이 주욱 올라갔다. 안경렌즈와 테가 모두 짙은 초록색인 선글라스를 쓴 현재의 볼에 눈물이 주르륵 흘렀다. 잔잔하지만 슬픈 오프닝 OST는 가슴을 쿵쿵 두근거리게 하더니, 엔딩 OST는 리듬감이 있는데도 이상하게 현재를 울게 했다.

　현재가 덜덜 떨리는 손으로 짙은 초록색 선글라스를 벗으니, 경우도 함께 선글라스를 벗었다. 마법처럼 신비하게 펼쳐졌던 밤하늘의 영화 스크린이 거짓말처럼 사라지고 흰 구름이 둥실 뛰어가는 밝은 하늘의 모습이 현재의 눈에 눈부시게 들어왔다.

07

"경우야, 오늘도 병실에 안 갈 거야?"

"응."

"외할머니가 보고 싶어 하시는데……."

경우는 경희가 입원한 행복 요양병원 정문 앞에서 딱 멈췄다. 경희는 현재의 친정어머니 즉, 경우의 외할머니다. 그런데 참 이상했다. 현재가 경희를 보러 가자고 하면 경우는 군말 없이 따라오면서 정작 병원 앞에까지 오면 병실에 들어가지를 않았다.

예민해서 엄마, 아빠 이외에는 누구의 옆에서도 잠을 자지 않는 경우가, 아기 때부터 유일하게 옆에서 잠을 잤던 사람이 바로 경희였다. 몸이 아픈 경희는 경우를 헌신적인 사랑으로 보살피며 사랑을 줬고, 경우도 경희를 그만큼 의지하고 좋아해서 함께 한 추억이 많았다.

경우도 경희가 무척 보고 싶을 텐데 도대체 왜 그러는지 현재는 알 수 없었다. 기대에 가득 찬 표정으로 따라오다가 막상 병원 앞에서는 우울한 표정이 되는 경우의 행동을 이해할 수 없었다.

"오늘도 저기 도서관에서 책 읽으면서 엄마 기다릴 거야?"

"응."

현재는 우울한 표정이 된 경우에게 물었다. 행복 요양병원 바로 앞에 느티나무 도서관이 있었는데 그곳이 경우가 경희를 피해 있는 장소였다. 하루에 책 한 권씩을 읽을 정도로 독서광인 경우가 있기에는 최적의 장소였다. 현재와 함께 병실에 가지 않는 행동은 솔직히 미웠지만 말이다.

    사랑백화점이다. 일주일 뒤, 경희의 병문안을 가는 길이다. 경우는 오늘도 잘 따라왔는데, 행복 요양병원 도착 전에 꼭 들르는 이곳은 사랑백화점 지하 1층에 있는 푸드코트다.

    완성 식품 진열대에는 노릇노릇 맛있게 부친 감자전, 부추부침개, 녹두전 등이 침샘을 자극했다. 경희는 부추부침개와 동태전을 무척 좋아하는데 현재는 잊지 않고 꼭 챙겨 갔다.

소화 기능이 약한 경희를 위해서 부추부침개와 동태전을 부수듯이 아주 작게 잘라 유리그릇에 넣고 역시 유리그릇에 담은 동치미 국물과 함께 보온 냉동 가방에 정성스레 넣었다.

수십 년 오랜 투병 끝에 이제는 병상에 완전히 누운 지 2년이 넘은 경희는 치아도 거의 빠지고, 소화 능력도 현저하게 떨어졌다. 가정에서도 돌보고 종합 병원까지 안 가본 병원이 없는데 지금은 요양병원에 있다.

이제는 병상에 누워 간병인이 배변을 도와야만 하는, 더 악화할 상황조차 가늠할 수 없는 노쇠한 경희이지만 좋아하는 음식이라도 종종 먹을 수 있게 돕고 싶은 게 현재의 솔직한 마음이었다.

경희는 간병인도 개인 간병인을 계속 쓰다가 기간이 계속 길어지면서 병실 간병인이 있는 이곳으로 왔다. 여기

행복 요양병원에 있는 노인 환자들은 대부분 경희와 비슷한 과정을 거쳤다

"경우야, 오늘은 외할머니 뵌다고?"

"응."

현재의 눈이 엄청나게 커지면서 반색했다. 경희가 입원한 행복 요양병원 정문 앞에서 늘 발바닥이 땅에 붙었던 경우가, 고개를 푹 숙이고 뒤돌아서 느티나무 도서관으로 갔던 경우가 현재보다 앞서 병원 정문을 힘차게 열었다.

늘 현재 혼자서 탔던 답답한 엘리베이터에 경우가 함께 있으니 시원하다는 착각까지 들었다. 현재는 괜히 어깨도 죽 펴지고 가슴이 두근거렸다. 손녀 경우를 보고 활짝 웃을 경희를 생각하니 눈물이 날 것 같았다.

3층에서 엘리베이터 문이 스르륵 열리고 양쪽으로 병실이 늘어선 복도를 지나자니, 문을 활짝 열어 놓은 병실마다 걷지도 못하고 햇볕도 쬐지 못해 안색이 창백한 노인 환자들이 보였다. 현재는 경희와 비슷한 모습의 환자들을

볼 때마다 속상하다 못해 의협심이 솟구쳤다.

대한민국 국민 중 많은 수의 사람이 실내에서 생활해 비타민D 수치가 낮다고 하지만 이렇게 어쩔 수 없이 병상에 있는 환자들은 본인이 움직일 수 없으니 얼마나 더 몸이 약해지겠는가?

병원마다 각 환자의 건강 상황에 맞춰서 비타민D 주사를 처방하는 것도 아닐 테고 복용 약을 처방하는 것도 아닐 테니 말이다. 설령 그런 처방을 내리고 싶어도 건강 상황 등 다양한 상황이 허락하지 않는 환자도 있을 것이다.

현재는 이런저런 생각을 하면서 302호 앞에 멈췄다. 경희가 있는 4인 병실이다. 경희는 창가가 아니면 너무 답답해서 불안장애가 오는데 안타깝게도 병실 문 쪽 왼쪽의 처음 자리다.

경희가 행복 요양병원에 처음 입원했을 당시 302호에는 이 자리밖에 빈자리가 없었고, 빈자리가 난다 해도 코로나19 시기부터 이어진 '병상 변경 절대 금지' 원칙이 지금까지 이어지고 있다.

"엄마!"

경희의 병상으로 조심스레 다가간 현재가 상체를 구부
리고 경희의 왼쪽 볼을 부드럽게 쓰다듬었다. 눈을 감고
있던 경희가 깜짝 놀라 눈을 뜨고는 양손으로 현재의 오른
손을 덥석 잡았다.

"엄마, 경우 왔어."

현재는 경희의 손을 잡고 속삭이듯 말했다. 순간 경희
의 눈이 커다래졌다. 그렇게 긴 투병 중에도 경희의 눈은
맑게 반짝였다. 경우는 늘 "세상에서 우리 외할머니가 제
일 예뻐!"라고 말했었다. 그건 현재도 완전히 인정했다.

경우가 좀 머뭇거리다 결심한 듯 경희의 병상 옆에 등
받이가 없는 편의점 의자 같은 보호자 의자를 놓았다. 그
러고는 의자에 앉아 오른손으로 경희의 오른손을 꽉 잡았
다. 잠깐의 침묵이 흘렀다. 경희는 경우를 보면서 특유의
잔잔한 미소를 지으며 조용히 고개를 한 번 끄덕였다.

"할머니, 미안해. 그동안 안 와서."

경우는 잔잔하게 미소 짓는 경희의 왼쪽 볼을 천천히 쓰다듬었다. 한 번, 두 번, 세 번 쓰다듬는데 경우의 눈에 눈물이 가득 고였다. 믿을 수 없을 정도로 맑은 경희의 눈에도 눈물이 그렁그렁했다. 현재는 그런 두 사람을 보고 가슴 속에서 뜨거운 게 올컥했다.

그렇게 흐느끼다가 나중에는 셋이 부둥켜안고 엉엉 울었다. 별다른 말은 하지 않았지만, 서로가 마음으로 말하는 것 같았다.

"아유, 삼 대가 왜 울고 난리여~~!"

병실 간병인이 웃으면서 말했다. 경희를 늘 잘 보살펴주는 고마운 간병인인데, 경희가 경우를 보고 싶어 한다는 걸 잘 알기 때문에 본인 일처럼 기뻐했다.

"그러니까요, 이모님, 주책맞게 자꾸 눈물이 나네요. 하하하!"

현재는 울다가 웃다가 마음이 진정되지를 않았다. 울고 있지만 참 감사한 순간이었다. 경희는 두 달 전 현재의 대답 이후로 경우가 왜 안 오는지 한 번도 묻지 않았었다.

"현재야, 경우는 안 왔니?"

"어, 엄마. 같이 왔는데, 요 앞 도서관에서 책 읽겠대. 독후감 숙제가 있나 봐. 병원 바로 앞에 도서관이 있더라고."

"응, 그래, 그렇구나."

현재는 선의의 거짓말을 하면서 목구멍이 뜨끔하며 아팠다. 병원 앞에까지 와서 들어오지 않고 도서관으로 가는 경우의 마음이 뭔지 현재도 잘 알 수 없어서 둘러댈 수밖에 없는 상황이 불편했었다.

　하지만 현재는 지금 경희의 맑은 웃음을 보면서 그저 감사하다는 생각이 들었다. 경우가 고마운 간병인 이모 드시라고 녹두전과 밀크커피, 나무젓가락을 주섬주섬 챙겨 노란 개나리꽃이 그려진 보라색 귀여운 쟁반에 담았다. 간병인 이모는 녹두전을 좋아해서 현재는 병원에 올 때마다 같이 사 왔다.

　"저희 할머니 잘 돌봐 주셔서 감사합니다. 정말 감사해요."

　경우는 간병인 이모한테 꾸벅 인사를 하고는 귀여운 보라색 쟁반을 식탁에 놓았다, 인사하는 경우의 등에서 진심이 느껴졌다. 경우는 몸을 돌려 경희 병상 옆으로 와서 등받이 없는 의자에 앉았다. 현재도 경우가 이미 놓아 준 등

받이가 있는 의자에 앉아 경희의 얼굴을 가만히 들여다보
았다.

"할머니, 미안해."

"뭐가 미안해?"

경희는 잘 움직이지도 못하는데 오른손을 힘들게 들어
병상 안전대에 걸친 경우의 왼손을 따스하게 잡았다. 경우
의 얼굴을 하나라도 놓치지 않고 두 눈에 담뿍 담아 두려
는 듯 경희의 눈이 촉촉하게 빛났다.

"할머니, 사실은 내가 자신이 없었어."

"뭐가."

"이렇게 할머니가 누워서 꼼짝 못 하는 모습을 보면 두
려울 것 같았어. 아파트 정자에 앉아 내가 비눗방울 놀이
하는 걸 지켜주던 할머니, 그리고 엘리베이터에서 누가 내
얼굴을 갑자기 만지려고 하면 지팡이로 바닥을 쿵 짚으면
서 아가 얼굴은 함부로 만지면 안 된다고 했던 할머니…
아무리 아파도 나한테는 언제나 든든한 할머니인데 이런

모습 보면 너무 무서울 것 같았어. 그래서 용기가 나지 않아 도서관으로 도망갔었어."

"그랬구나. 우리 경우가. 고민이 많았구나. 할머니는 아무래도 괜찮아. 다 이해해. 정말 괜찮아."

"할머니, 정말 미안해, 용서해 줘, 할머니."

"아니야. 할머니는 괜찮아. 경우가 얘기해줘서 더 고마워."

현재는 놀랐다. 행복 요양병원 정문에서 한참을 우두커니 서 있던 경우가 그런 마음으로 갈등했다는 걸 정말 몰랐다. 늘 그렇게 자리에 멈춘 경우는 얼마나 힘들었을까? 경희를 보고 싶지만 동시에 밀려드는 두려움은 얼마나 컸을까?

미안했다. 현재는 경우의 깊은 고민을 전혀 알지 못하고 가끔은 원망했던 게 너무 미안했다. 경희를 향한 경우의 복잡한 마음, 경희를 잘 돌봐 주는 간병인 이모를 고마워하는 경우의 진심도 공감이 되어 자꾸만 울컥했다.

"역시 할머니는 확신의 F야!"

경우는 경희를 향해 오른쪽 엄지를 척 치켜들었다. 힘은 좀 없지만 경희도 엄지를 치켜들며 활짝 웃었다, 옛날인데도 4년제 대학교 사회학과를 졸업하고 평생 공무원으로 근무했던 경희다. 박학다식했고 MBTI 정도는 원래부터 알고 있었다.

"엄마는 확신의 T이지?"

"맞아, 할머니! 나랑 안 맞아, 너어무 안 맞아~~!"

두 명의 F 사이에서 T 현재는 "그러니까!" 하면서 인정했다. 경희, 현재, 경우의 밝은 웃음소리로 적막한 병실에 꽃향기가 넘치는 것 같았다.

"할머니, 내가 신기한 것 보여 줄까?"

"신기한 것 뭐?"

경우는 한참을 웃다가 정색하고 경희를 쳐다봤다. 경희와 현재는 호기심에 가득한 눈빛으로 경우의 얼굴을 뚫어지게 봤다. 이때 병동 간호사 두 명이 병실에 들어왔는데한 명은 병실을 돌아다니면서 노인 환자들에게 선글라스를 하나씩 씌어 줬다. 테는 짙은 초록색이고 렌즈는 옅은 주황색이었다.

환자들에게 선글라스를 다 씌워 주니 다른 한 명의 간호사가 전등 스위치 옆 부착된 거치대에 걸린 리모컨을 꺼냈다.

마치 에어컨 리모컨처럼 생겼는데, 간호사가 천장을 향해 리모컨의 버튼을 꾹 눌렀다. 그랬더니 푸르스름한 형광등 네 개가 멋도 없이 달린 허연 천장이 오른쪽으로 드르륵 열리면서 완전히 내려갔다.

그러더니 엄청나게 두껍고 튼튼해 보이는 원형의 투명한 유리 천장이 왼쪽에서 소리도 없이 부드럽게 스르륵 올라왔다. 왼쪽에서 오른쪽 끝까지 간 유리 천장이 멈추자 유리 천장을 통해 고운 하늘색 하늘과 흰 구름 사이로 눈부시게 환한 햇빛이 넘치도록 들어왔다.

병원 건물은 총 5층인데 3층에서 어떻게 하늘을 볼 수 있는지 모르겠지만 현대 기술은 정말 경이로웠다.

스스로 움직이지 못해 햇빛을 전혀 볼 수 없는 노인 환자들이 "오! 세상에!"라고 작은 탄성을 질렀다. 경희도 놀라움에 가득한 얼굴로 하늘색 하늘을 바라보느라 엷은 주황색 렌즈 속 동공이 바쁘게 움직였다.

시력 보호를 위해 선글라스를 쓰고 누워 있는 노인 환자들은 볼이 발갛게 상기되어 마치 어린아이처럼 기뻐했다. 누구나 당연히 받아 고마움을 느끼지 못할 수 있는 햇빛. 그것을 자유롭게 받지 못하는 사람들한테 얼마나 귀한 보석과도 같은지…….

계절에 맞춰 햇빛이 가장 좋은 시간대에 하루 한 번, 1시간씩 열리는 투명한 유리 천장이 노인 환자들한테는 생명수와도 같을 것이다, 햇빛 받기가 어려운 장마철, 비 오는 날, 눈 오는 날, 어두운 겨울에는 병실 벽에 커다란 영사기처럼 걸린 10,000 LUX 광테라피 기계로 빛을 쏘여 줬다.

유리 천장에 쏴, 드르륵 쏟아지는 빗줄기 소리와 운치

있게 흐르는 빗물, 찹쌀떡처럼 죽 펼쳐진 소복소복 내린 하얀 눈. 광테라피 기계로 빛을 받으면서 동시에 느끼는 벅찬 감성은 환자들의 건강한 생활을 책임졌다.

1시간 후 영롱한 유리 천장이 닫히면 커다란 TV 모니터가 켜지면서 새끼 호랑이들이 "어훙!" 하며 제법 호랑이 흉내를 내며 나타났다. 너무 귀엽다, 무슨 프로그램이냐 하면, 대한 랜드에서 키우는 새끼 호랑이들의 귀엽고 감동적인 모습을 규칙적으로 방영하는 프로그램이었다.

요즘은 다양한 온라인 시스템을 TV에 연결해 편리하게 시청할 수 있으니 얼마나 좋은지 모르겠다.

코로나19로 전 세계가 비대면 문화로 전환되면서 특히나 병원에 입원한 환자들의 몸과 마음의 건강이 위험할 정도로 무너졌다. 보호자도 잘 만날 수 없는 환자들은 어미 호랑이가 새끼 호랑이를 낳고 키우는 모습을 보면서 환자들 스스로 보호자가 된 듯한 공감과 사명감으로 하나가 되었다.

공감과 사명감이 환자의 몸과 마음을 더욱 강건하게 해줘서 좀 더 건강한 투병 생활을 할 수 있게 했다. 그 어떤 의료의 개입보다 기적과도 같은 치유의 결과를 만들어 내고 있었다.

좋은 요양병원도 있겠지만, 입원하면 이런저런 이유로 1년 안에 죽음을 맞이할 수 있다는 회색빛 요양병원이, 환자들의 몸과 마음의 건강을 세심하게 신경 쓰는 곳으로 이렇게 변화되었다.

긴급한 상황에서의 의료진 역할도 필요하면서, 투명 유리창이나 동물 양육 콘텐츠를 통해 평소 환자들의 몸과 마음의 건강이 얼마나 좋아졌는지 정말 놀랍다.

이런 세심한 부분을 비단 노인 환자에게만 적용하는 것이 아니라, 우울증 환자, 빈곤 가정, 보육원, 장애우시설, 어린 환자, 임신부, 산모 등 도움이 꼭 필요한 대상 치유 프로그램으로 제도화시키면 참 좋을 것 같다. 물론 음식 제공은 제1원칙이다.

아예 대한민국 전 국민 대상 '생애 주기 별 치유 프로그램'으로 만들었으면 좋겠다. 대한민국이 얼마나 건강해지겠는가! 선진국이 눈에 보이는 것 같다.

"어때, 할머니. 훌륭하지?"

"그래, 경우야. 할머니 너무 행복하다!"

경우가 경희의 선글라스를 벗어 주니 경희의 얼굴은 희망으로 환하게 빛났다.

11

"엄마! 아까 내가 말한 게 그 뜻이 아니잖아!"

현재가 경우에게 휴대전화 프로그램 중 뭐 하나를 알려 달라고 하니까 경우가 엄청나게 짜증을 냈다. 경우는 학교 정규 수업을 마친 후, 오디션 학원 수업까지 마치고 왔는데 한 시간째 너튜브에 열중하고 있었다. 진로와 관련한 영상이라서 초집중하는 것 같았다.

현재가 하필이면 그런 때 물어봐서 그렇다고 하지만 민망할 정도로 정색하며 짜증 내는 경우가 참 얄미웠다. 솔직히 이기적이지 않은가? 부모가 나이 들면 자녀가 잘할 수 있는 걸 이제는 먼저 알아서 하고 부모가 알려 달라고 하면 알려 줘야 하는 것 아닌가 말이다.

예를 들면 아이들이 너무 잘하는 휴대전화나 전자제품 사용 등에 관한 것들. '휴대전화와 함께 태어났다.'라는 표현이 딱 맞는 아이들 아니던가. 부모도 부모 나름대로 원래부터 잘하는 것들이 있다면 자녀들은 대부분 휴대전화 박사이다.

현재의 생각은 이렇다. 부모는 애초에 자녀의 배변 기저귀를 갈아주고 숟가락, 젓가락 사용법은 물론 배변 처리 방법까지 가르치며 살았다. 그렇다면 말이다. 아이가(자녀가) 청소년만 되어도 할 수 있는 일이 많아지는데 그때부터는 뭔가 나이 든 부모를 도울 수 있고, 본인이 할 수 있는 일은 대부분 해야 한다. 단, 부모가 아이의 철저한 보호자임은 변함없다. 당연하다.

사실 부모도 제품 사용법을 적은 문서를 천천히 읽은 후 제품 사용을 실행하면 할 수 있다. 왜? 원래 아이를 대신해 평생 해 왔으니까! 그러나 아이가 성장하면서 부모는 그만큼 나이가 들고 체력이 달리고 눈도 잘 안 보이고 행동도 더디며 신체 유연성도 떨어진다.

기계도 50년 이상을 쓰면 고장이 나고, 수리가 잦아지는데 부모는 그 기간을 살아오면서 에너지를 엄청나게 소모하며 살았다.

그런데도 부모는 아이 세대를 알기 위해 열심히 배우고 공감하려고 노력하는데 아이들은 부모 세대의 생각이나 문화 등을 알려고 별로 노력하지 않는 것 같다. 뭐든 당연한 건 없는데 부모한테는 '당연히'라는 굴레가 많다.

어찌 되었든 현재는 얼굴이 화끈 달아오를 정도의 민망함을 참아 가면서 경우한테 답을 얻어 내긴 했다. 경우는 그런 분위기를 알아차리지 못하고 현재에게 굳이 듣기 싫은 마지막 한마디를 했다. 현재가 뭘 물어보면 늘 하는 말인데 들을 때마다 이상하게 기분 나쁜 말.

"엄마! 나한테 묻기 전에 아이버한테 물어보라고 쫌 ~~!"

너무 똑똑해서 매사에 또박또박 잘 따지는 경우였다. 조금이라도 본인의 생각과 다른 말을 하면 한 번도 그냥 넘어가지를 않고 반드시 바로 잡으려고 해서 현재는 너무 피곤했다.

경우는 평소 현재를 위했고, 밖의 일이든 살림이든 잘 돕는데 이 까다로운 성격 때문에 잘한 게 다 묻힐 정도였다. 이럴 때 엄마들이 하는 공통적인 말이 있다.

"야! 나중에 너 같은 딸 키워 봐! 엄마가 처음부터 엄마인 줄 아니? 엄마도 어리고 젊은 날이 있었다고!"

그런데 말이다. 아이는 본인 어릴 때를 잘 기억하지 못하고 엄마들의 젊을 때를 전혀 모르는데 무슨 소용일까 싶다. 현재는 경우의 모든 시절을 다 알고 있는데 경우는 경우가 기억할 수 있는 나이부터의 현재의 모습만을 알고 있다.

현재도 꿈 많은 학창 시절을 보냈고, 그 시절을 거쳐 엄마가 된 것 아닌가? 경우와 같은 학창 시절의 현재를 보여 주고 싶었다. 누구한테? 바로 경우한테.

늘 현실적으로 될 수밖에 없고 고생스러운 지금의 모습이 아닌, 그때만의 고민은 있었지만, 무엇이든 자신 있고 활짝 웃던 어린 시절을 보여 주고 싶었다. 갑자기 하늘에서 뚝 떨어져 엄마가 된 것이 아닌, 경우와 똑같은 성장 과정을 거쳐 지금의 현재가 된 것임을 말이다.

현재는 록 마니아다.

현재 인생에서 '음악'을 빼놓고서는 얘기가 되지 않을 정도로 '음악'은 현재를 지탱해 주는 고맙고 강력한 위로의 도구였다. 인생의 고비마다 음악으로 다시 일어섰던 일렉 기타리스트 현재는 과연 어땠을까?

"아! 맞다! 오늘 파라다이스 17 하지!"

경우는 누운 채로 스트레칭하며 동시에 보컬 연습을 하다가 급하게 멈췄다. 갑자기 '파라다이스 17'이 생각나서 누운 채로 서둘러 TV를 켰다. 잔뜩 기대에 찬 눈빛으로 광고가 끝나길 기다리면서 가볍게 몸을 풀었다.

'광고 끝! 와, 오늘 3차 통과자 발표지?'

경우는 매트에 누워서 팔과 다리를 죽 펴는 스트레칭을 하다가 일어나 아빠 다리로 앉아 등을 곧게 펴고 TV 화면을 뚫어지게 봤다. 프로그램이 시작하길 기다리면서 양쪽 손바닥을 쫙 펴서는 서로 쓱쓱쓱 세 번 문지른 후 양쪽 검지 끝에 입김을 호오 불었다.

바로 그 순간 경우의 콧속으로 너무 좋은 향기가 살짝 들어왔다. 약간 진한 로즈마리 향기라고 할까? '진한 로즈마리 향기.'. 맞다. 그거다. 향기가 정말 좋아서 경우는 눈을 감고 콧구멍을 벌렁거렸다.

그러다가 눈을 번쩍 뜨니, 마치 아지랑이가 피어오르듯 일렁이는 작은 물결이 벽에 보였다. 경우는 고개를 왼쪽, 오른쪽으로 빠르게 돌리면서 입술을 부르르 털었다.

'앗, 빈혈인가? 오늘 밥 많이 먹었는데?'

'아니, 그런데 우리 집에 로즈마리가 있었나?'

'향기가 어디서 나는 거지?'

경우는 고개를 두리번거리면서 향기의 주인공을 찾았

다. 그런데 이상했다. 오늘은 파라다이스 17 프로그램 시작을 알리는 티저 화면이 나오지 않고 탁 소리가 한번 나면서 TV 화면이 꺼졌다.

"어? 왜 그러지?"

당황한 경우가 엉거주춤 일어나서 소파 옆 동그란 테이블 위에 놓은 TV 리모컨을 집으려고 하는 순간, 두 번 탁, 탁 소리가 나면서 TV 화면이 환하게 켜졌다.

'어? 저게 뭐지?'

'아니, 잠깐만. 저 사람 우리 엄마 닮았는데?'

"맞아, 엄마 맞네!!"

경우는 크게 외치면서 요가 매트에서 벌떡 일어났다. 탁 소리가 한번 나면서 꺼졌다가 두 번 탁, 탁 소리가 나며 켜진 TV 화면에 검은색 교복을 입은 여학생들이 말갛게 웃었다. 교복 깃은 어찌나 하얀지 푸르스름한 빛마저 느껴졌다.

현재와 수영이 등굣길에서 만나 달려와서는 서로를 보고 까르르 웃었다. 눈 밑이 투명하게 말갛던 소녀들과 함께 가득 줄지어 선 벚꽃, 그 향긋한 내음이 앉은 교문 앞 오르막길에서 현재와 수영, 그리고 소녀들의 꿈이 공기 중에 몽글몽글 퍼져 나갔다. 찬란하게 빛나는 그녀들의 고등학교 2학년이었다.

학교 어디서든 현재가 지나가면 학생들 고개가 동시에 돌아갔다. 시기 가득한, 아니면 눈이 부신 듯 눈을 가늘게 뜨거나 감격에 겨워서, 또 아니면 멍하니 넋이 나간 듯 말이다. 학생들은 쉬는 시간에 괜히 현재의 교실 뒷문을 빼꼼 열면서 들어왔다.

그러면서 허공을 보며 애먼 친구 이름을 괜히 부르다가 눈으로는 현재를 힐긋힐긋 보고는 했다. 현재는 그렇게 친구들의 시선을 끝없이 받을 정도로 예쁘고 또 예뻤다. 어떤 날은 수영이 현재한테 학용품을 빌리러 갔는데 다른 반 친구들이 창가에 주룩 매달려 있었다.

수영은 '뭐지?' 하면서 함께 창가에 매달렸다. 아하! 교실 안을 보자니 친구들이 구경하는 건 현재였다.

정말 내 친구지만 완전 자랑스러워! 우리 현재!

공부도 잘하고 얼굴도 예쁘고,

내가 우리 현재 친구라고!

수영은 괜스레 어깨가 으쓱거리면서 어깨가 위로 움찔 움찔 올라갔다. 날아갈 것 같은 어깨 때문에 현재한테 학용품 빌리는 것도 까맣게 잊고는 발걸음도 가볍게 교실로 돌아왔다. 교실에서 친구들한테 둘러싸여 웃고 있는 현재의 얼굴이 봄 햇살처럼 맑게 빛났다.

여학생들이 록에 관심도 별로 없고 좋아하지 않던 시절이었다. 현재와 수영은 '록 밴드를 좋아한다.'라는 공통점으로 절친이 되었다. 수영은 '본 조비'를 좋아하고 현재는 '본 조비'와 '유럽'을 함께 좋아했다.

특히 '본 조비'는 록에 관심이 없던 전 세계 10대 여학생들을 열렬한 록 팬으로 만든 장본인이었다. 거부감이 느껴지지 않는 신선한 '본 조비'의 노래와 예쁘고 멋지고 출중한 외모의 멤버들이 노래하고 연주하는 모습은 정말 눈부셨다.

공중파 TV에서 보여 주는 그래미 시상식을 보며 멋진 꿈을 꾸는 소녀들, 밤마다 책상에서 올리는 심야 팝송 라

디오 프로그램에 귀 기울이며 밤하늘의 별을 느꼈던, 그야말로 팝송이 주류를 이루던 시절이었다.

현재가 고등학교 1학년 때는 TV에서 방영하는 'V'를 보느라 마음이 분주했다. '지구를 정복하려는 파충류 외계인과 지구인의 이야기를 그린 미국 드라마' 'V'를 놓치지 않기 위해 'V'를 방영하는 날은 좀 더 부지런히 움직였다.

TV는 현재의 외할머니와 외할아버지 방에 있었다. 치매가 있는 외할머니가 적적하지 않으시도록 TV를 자주 켜놓고는 했는데 외할머니, 외할아버지의 저녁 식사를 챙겨 드리고 외할머니의 옷을 깨끗이 갈아입힌 다음 잠자리를 봐 드리면 'V'를 하는 시간이었다.

현재의 외할아버지는 밤 9시만 되면 시계처럼 정확하게 주무셔서 무슨 소리가 나도 깨지 않으시기 때문에 현재는 방의 전등을 끄고 외할머니 옆에 앉았다.

무릎을 세우고 앉아 TV 소리를 최대한 작게 하고 'V'를 시청하는 시간이 얼마나 행복했던지, 'V'에 나오는 줄리엣

역의 '페이 그란트'가 얼마나 예뻤던지 현재는 행복해서, 너무, 행복해서 그 시간만큼은 일상의 고단함을 잊을 수 있었다.

14

고등학교 가을 축제였다. 현재는 원래 학교 합창부의 대표 중창단이어서 합창부, 중창단 발표 준비로 바빴다. 수영은 문예반인데 본인이 직접 그린 그림이 담긴 시 두 편을 탈고해서 문예반에 이미 넘겼다.

수영의 작품은 축제 당일 사흘 전부터 학교 안 실내 정문 쪽 복도에 전시될 예정이었다. 축제 프로그램 가운데에

는 같은 반, 다른 반 아니면 다른 부서 친구들끼리 팀을 구
성해서 발표하는 순서도 있었다. 거기에서 7반 현재와 8반
수영이가 뭔가를 발표하는데 바로, '본 조비', '유럽' 무대
였다. 프로그램 지에는,

'록 밴드 무대'
('본 조비', '유럽' /
참가자 : 2학년 7반 이현재, 2학년 8반 경수영).

이라고 쓰여 있었다.

낙천적이고 순하디순한 성격이지만 외향적이라기보다
는 조용하고 내성적인 모범생 현재와 수영이었다. 그런 두
명이 무슨 '록 밴드' 무대를 한다고 하니 선생님들은 눈이
둥그레지셨고 학생들은 궁금해서 좀이 쑤실 지경이었다.

"야~ 현재, 수영이 말이야. '본 조비'하고 '유럽' 좋아하
는 건 아는데 어떤 무대를 한다는 거지?"

"그치, 그치, 완전히 궁금해. 둘이 노래하나?"

"그럼 연주는 음악 틀어 놓고 하겠지?"

"흠… 당최 알 수 없네? '록 밴드 무대'면 연주하고 노래하는 건데 말이야. 도대체 감이 안 잡혀."

축제가 점점 다가오면서 학생들은 '그 궁금한 무대'가 뭔지 빨리 알고 싶어 시간이 너무 더디 가는 것 같아 답답했다.

'○○여고 가을 축제!'

현재와 수영이 다니는 학교 정문 위쪽에 이렇게 쓴 현수막이 가로로 높이 걸렸다. '틀에 박힌 고루한 말'이지만 참 좋은 이것,

'하늘은 높고 말이 살찌는 계절'

이 초콜릿 색 계절이 소녀들의 마음을 한층 더 달콤하게 만들었다. 축제 당일에 발랄하게 웃으면서 학교로 향하는 길목의 소녀들은 '오늘의 프로그램'이 마치 '좋아하는 연예인 콘서트' 같이 느껴져 즐거웠다.

관객이 꽉 찬 강당에서 설레는 무대가 시작되었다.

합창부의 노래, 남자 고등학교 학생들과 함께 호흡을 맞

춘 중창단의 노래, 댄스부의 화려한 댄스, 그리고 태권도부의 태권도 시범, 웅변, 발레 등 다양한 순서가 이어졌다.

아! 이제, 드디어, 궁금해 마지않던 '록 밴드 무대'다. 선생님들과 학생들의 눈이 일제히 무대 오른쪽 출입문 계단으로 집중되었다. 왁자지껄 떠들던 학생들이 입을 꼭 다물고 숨소리도 내지 않았다.

'록 밴드 연주'의 정체가 도대체 뭔지 그동안 얼마나 궁금했던가? 현재와 수영이 뒤를 좀 캐 보려고 해도 도무지 힌트를 얻을 수가 없었다.

"아니! 이현재, 경수영, 발표하는 것 맞냐?"

"그러니까, 정보가 하나도 없냐, 엉?"

7반, 8반 학생들마저도 '정보 깜깜이'여서 궁금증만 커질 뿐이었다. 그때 출입문 계단에서 수영이 먼저 올라왔다. 그다음은, 남학생들이다.

세 명의 남학생 뒤로 현재가 천천히 올라왔다. 선생님들과 학생들이 동시에 고개를 왼쪽으로 돌려 무대를 봤다.

드럼 세트가 있고 키보드도 있고, 그리고 거치대에 베이스 기타와 기타가 세워져 있었다. 무대 중앙에는 스탠드 마이크가 있었다.

수영이가 무대 중앙으로 가서 스탠드 마이크를 한번 잡고 섰다. 학생들이 갑자기 웅성거렸다.

그래, 그렇다면 수영이가 보컬.

아니! 수영이가 보컬이라고?

중창단인 현재가 보컬이 아니고?

그러고 보니 저 남학생 세 명은 중창단과 호흡을 맞춰 노래 발표를 한 '○○고등학교' 남학생이잖아.

남학생 한 명은 드럼 세트로 올라가서 의자에 앉아 드럼 스틱을 들었다. 그리고 또 한 명의 남학생은 키보드 앞에 서서 버튼을 만지고, 마지막 남학생은 세워져 있는 기타를 들었다.

베이스 기타다. 그럼 일렉 기타는?

아니, 아니, 현재가 기타를 집더니 어깨에 메면서 기타리스트 자리로 갔다. 조용하던 객석이 마치 호떡집에 불이 난 것처럼 웅성거렸다.

"야, 현재가 기타라고?"

"그러니까, 난 당연히 보컬인 줄 알았는데?"

"현재 원래 기타 치냐?"

"현재랑 같은 중학교에 다닌 내 친구가 있는데, 중학교 때 무슨 단장 수련회인가에 가서 통기타 친 적은 있대."

"통기타? 그럼, 원래 기타를 쳤다는 거네?"

"그렇겠지."

"그럼, 통기타도 치고 일렉 기타도 친다는 거야, 현재가?"

"와~ 와! 완전 대박!"

"저 얌전이가?"

"세상에, 마상에!"

이렇듯 수군수군, 웅성웅성 할 말 많은 학생들 소리를

단번에 깨는 웅장한 마이크 소리가 들렸다.

수영이다.

"오늘 저희가 발표하는 무대는 '본 조비'의 'You Give Love A Bad Name'과 '유럽'의 'The Final Countdown'입니다."

"드럼, 키보드, 베이스 주자는 '○○고등학교' 밴드부원이 도와주시고 기타는 이현재, 보컬은 저, 경수영입니다."

수영의 인사가 끝나자, 강당의 전등이 모두 꺼지고 무대에만 조명이 들어왔다. 숨 막힐 듯 긴장감이 흐르고 수영 혼자의 아카펠라가 들렸다.

"Shot through the heart, and you're to blame, darling You give love a bad name, You Got It!"

그러더니 현재가 뚜벅 뚜벅 앞으로 천천히 걸어 나오면서 기타 솔로를 했다.

"빰~빠~빠밤~빠바밤빰~빰~빰~빠밤~ 빠라람~!"

수영은 옷도 '존 본 조비'처럼 낡은 청재킷에 꽉 끼는

바지를 입고 무대를 뛰어다니는데 호흡 한번 틀리지 않고 노래를 얼마나 잘 부르는지…….

중간에 현재의 기타 솔로가 다시 나오자 '리치 샘보라' 팬인 불어 선생님은 눈물까지 글썽이면서 "어머나, 어머나!"만 반복했다.

곡의 후반으로 갈수록 관객의 열기는 뜨거워졌는데 마치 연예인 록 밴드의 콘서트장과 같은 그것과 흡사했다.

그렇게 'You Give Love A Bad Name'이 끝나자, 거짓말 안 보태고 강당이 떠나갈 듯 함성과 박수 소리가 쏟아졌고 현재는 멋쩍은지 '원래의 낯가리는 현재'로 돌아와 기타를 만지면서 꾸벅 인사를 했다.

"어머, 웬일이니, 이현재!"

"정말 멋져, 재!"

"그치, 그치, 너무 멋지다 진짜!"

"어쩜 저렇게 기타를 박력 있게 잘 치니?"

"아우, 나, 이현재한테 반했다. 어쩜 좋다니?"

흥분이 가시지 않은 강당의 분위기를 확 누르면서 때마침 터져 나오는 키보드 소리.

"따다단~단, 따다단단단, 따다단~단, 따다단단단단단!"

오, 세상에! '유럽'의 'The Final Countdown'이다.

강당의 열기는 더욱더 뜨거워지면서 학생들과 선생님들은 오른손을 번쩍 들고 자리에서 뛰기 시작했다. 수영의 놀라운 보컬과 현재의 말도 안 되게 멋진 기타 연주 그리고 '○○ 고등학교' 밴드부원 세 명의 훌륭한 연주에 그야말로 '진정한 축제'가 되었다.

'록 밴드 무대'에서 현재는 당연히 노래를 부를 줄 알았는데 일렉 기타 연주라니! 그리고 평소 노래 부르는 걸 본 적이 없었던 '그림 잘 그리고 시 잘 쓰는 수영이'가 저렇게 끝장나게 노래를 잘 부르다니!

학교가 완전 발칵 뒤집힐 정도로 난리가 났다. 현재의 중학교 때부터 고등학교 1학년 때까지 이어진 별명인 '잘생기고 친절한 안소니 씨'가 다시금 부활한 순간이었다.

"경우야! 엄마 바쁘니까 나중에 얘기하자!"

"엄마, 잠깐이면 돼. 사장님한테 뭐라고 말씀드려야 할지 잘 모르기에 그래."

"그러니까. 그렇게 중요한 얘기를 갑자기 못한다니까?"

"학교 끝나고 바로 아르바이트 가잖아. 가자마자 말씀드려야 해. 사장님의 그 시시각각 바뀌는 기분 때문에 이제는 못 버티겠다고. 오늘 새벽에도 계속 메시지 보내셔서 잠도 못 잤어. 힘들어, 진짜."

"아유, 경우야. 그럴 때는 그냥 무시하라고 했잖아. 그런 사람은 대응 안 하면 나중에는 스스로 지친다니까?"

"그게 마음대로 되냐고."

"그런 걸 수도 없이 겪으면서 멘탈도 강해지는 거야. 앞으로 그것보다 힘든 일이 얼마나 많은 줄 아니?"

"있잖아. 엄마는 정말 확신의 T야!!"

급한 메일을 보내느라고 아침부터 노트북 앞에 붙어 있는 현재한테 경우는 할 말이 있다고 20분 이상을 안절부절못했다. 하지만 언제나처럼 위로는 거의 없이 조언하는 현재에게 경우는 "엄마는 확신의 T!"라고 말하고는 가방을 휙 집어 들고 몸을 돌려서 뛰어나갔다.

버스 안 제일 앞에서 첫 번째 좌석, 그러니까 앞문이 있는 좌석에 앉은 현재는 마음이 착잡했다. 경우가 아르바이트하는 아이스크림 가게의 사장이 하도 감정 기복이 심해서 경우는 자기가 '감정 쓰레기통'이 된 것 같다고 많이 힘들어했다.

경우가 워낙 일을 야무지게 해서 가끔 보너스도 줄 정도로 사장은 경우에게 칭찬을 자주 했다. 하지만 가끔 있는 약간의 실수는 용납하지 않고 바로 화를 내고 짜증을 냈다.

그러고 난 이후에는 새벽이고 뭐고 시간을 가리지 않고 "경우 씨, 아까는 미안했어요." 등의 장문 메시지를 보냈다. 그렇게 하는 것이 습관인 것 같았다. 안 좋은 습관.

사장은 삼십구 세의 미혼 여성인데 남자 친구와 싸웠을 때도 그 화풀이를 경우한테 하니 현재가 보기에도 사실 바람직한 사장은 아니었다. 아까는 아르바이트를 관두는 시기에 대해 의논하려고 했는데, 현재가 마침 메일을 보내느라 초집중하고 있을 때 물어봐서 경우는 상처를 받았다.

현재는 가뜩이나 '확신의 T'라는 말을 매우 싫어해서

몸을 돌려 뛰어나가는 경우를 잡지도 않고 외면했다. 하지만 늘 그렇듯 싸우고 나면 경우가 불쌍했다.

경우는 실수도 하기 싫고 싫은 소리도 듣기 싫고, 뭐든지 열성적으로 열심히 하는 데다가 생각이 많은 성향 탓에 남의 눈치를 많이 봤다. 그래서 인간관계에서 받는 상처가 컸다.

비슷하게 실수도 안 하고 한번 하면 열심히 하지만 남의 눈치는 별로 보지 않는 '강철 멘탈 현재'는 그런 경우가 안쓰러웠다.

경우가 힘들다고 하면 정말 너무 힘든 건데 그걸 잘 알면서도 현재는 이번에도 어김없이 '확신의 T' 소리를 들어 마땅한 대답을 했다. 사장 때문에 힘들다고 하니까 먼저 위로하면 되는데, 그놈의 조언을 또 했다.

'확신의 T라는 말을 기분 나빠할 필요도 없어. 맞는데 뭘.'

평생의 반갑지 않은 짝꿍인 멀미와 함께 자기반성을 하고 있자니 아르바이트하는 경우가 궁금했다. 현재한테 별

기대도 안 했겠지만 그래도 혹시나 하면서 위로의 말을 기다렸을 텐데, 역시나 실망해서 뛰어나갔으니 얼마나 속상할지 염려가 되었다.

현재는 두 눈을 감고 "후-우!" 깊게 한숨을 쉬었다. 버스가 가라앉도록 한숨을 쉬고 두 눈을 뜬 순간, 버스 앞 유리에 아지랑이가 피어올랐다. 황금빛 아지랑이였다.

16

"으어어!"

아이스크림 가게 주방이다. 현재가 경우의 외마디 비명에 놀라서 오른팔을 높이 들어 휘이휘이 저으면서 주방으로 뛰어 들어갔다.

"경우야! 괜찮아? 경우야!"

호떡 기계에서 호떡을 구운 후 집게로 집다가 호떡을

주방 바닥에 떨어뜨린 경우는 당황해서 무릎을 꿇고 왼손으로 뜨거운 호떡을 집다가 화들짝 놀랐다. 외마디 비명과 함께 벌떡 일어남과 동시에 호떡은 허공에서 빠르게 빙그르르 네 바퀴를 돌고 바닥에 툭 떨어졌다.

아이스크림 가게지만 사이드 메뉴로 여러 가지 메뉴를 판매하는데 경우가 말하길 그중에서 가장 인기 메뉴는 호떡이라고 했다. 뜨거운 호떡에 차가운 아이스크림을 발라 먹는 고객이 많다고 했다.

그런 만큼 호떡 주문이 많아 힘들다고도 했다.

흰 달력 종이 딱지로 다른 종이 딱지를 쳐서 뒤집었을 때 뒤집힌 딱지가 휙 돌아가다가 바닥에 철썩 붙은 것과 같은 소리가 났다.

뜨거운 호떡에 손을 덴 경우는 얼른 싱크대로 가서 찬물을 틀어 왼손을 식혔다. 현재는 경우의 옆으로 가서 연신 괜찮냐고 물어봤다. 그런데 경우는 현재를 보지 않고 찬물에 계속 손만 식혔다.

"경우야, 엄마야!"

현재가 오른손으로 경우의 어깨를 살짝 만지니까 어깨 사이로 현재의 손이 휙 지나갔다. 이번에는 경우의 바로 옆으로 가서 얼굴을 내밀어 경우의 머리에 현재의 머리를 가볍게 비볐다. 이번에도 경우의 얼굴에 현재의 얼굴이 슥 지나갔다.

'어, 어, 뭐지?'

현재는 두 손바닥을 좍 펴서 경우의 얼굴 앞에서 손부채를 팔랑팔랑 부쳤다. 역시 경우는 현재를 투명 인간처럼 대했다. 맞다, 투명 인간!

현재는 등골이 서늘해서 팔랑팔랑 부치던 손부채를 얼른 내려 뒷짐을 졌다. 경우는 싱크대의 수도를 잠그고 수건으로 손을 닦았다. 멍한 상태로 뒷짐을 지고 있던 현재는 경우에게서 한 발짝, 두 발짝, 세 발짝 뒤로 물러났다.

"배우의 민족, 주~문!"

"배우의 민족, 주~문!"

"띠리리리띠리리리리요!"

수건으로 손을 닦은 경우가 주방 바닥에 쭈그리고 앉아 종이 딱지처럼 떨어진 호떡을 주워 음식 쓰레기통에 버리려는 순간, 주문 벨 소리와 가게 현관문 벨 소리가 동시에 났다.

아이스크림 가게 사장이었다.

굵은 파마한 부드러운 갈색의 긴 머리를 공주님처럼 왼쪽 어깨 한쪽으로 얹고, 밝은 하늘색 니트에 연하게 물 빠진 부츠 컷 청바지를 입었다. 스타일이 아주 멋졌다.

스타일이 그렇게 멋진 아이스크림 가게 사장은 주방으로 들어와서 눈이 동그래졌다. 현재는 아마 사장도 놀라고 걱정할 거라고 당연히 생각했다. 현재는 주방 냉장고 쪽으로 물러나서 사장을 쳐다봤다.

아르바이트생이 데었으니, 사장이 분명 걱정하겠지, 아무렴 하면서 현재는 고개를 끄덕였다.

"아니, 경우 씨! 호떡 또 떨어뜨렸어요? 지난번에도 떨어뜨리더니!"

'엥? 이게 무슨 말이야?'

현재는 잘 못 들었나 귀를 의심했다.

우아한 굵은 파마의 사장은 미간을 잔뜩 찡그리고 경우한테 짜증을 냈다. 짜증이 잔뜩 섞인 목소리에 현재도 같이 미간이 찡그려졌다. 음식 쓰레기통에 호떡을 버리려다가 갑자기 들어온 사장 때문에 놀란 경우가 사장한테 꾸벅 인사를 한 후 호떡을 버리고 쓰레기통 뚜껑을 닫았다.

"죄송합니다."

"경우 씨, 나 없을 때 호떡 많이 떨어뜨리는 거 아니에요? 조심해야죠!"

"네, 사장님, 주의하겠습니다."

현재는 기가 막히고 코가 막힐 노릇이었다. 아니, 아르
바이트생이 손을 덴 건 안중에도 없고 떨어진 호떡이 아까
워 짜증부터 내는 그 모습이 정말 추해 보였다.

아이스크림 가게 사장은 이후로도 경우한테 한참 잔소
리를 한 다음 볼 일이 있다면서 휙 나가 버렸다. 경우는 덤
덤하게 주방을 정리하고 다시 호떡을 구운 뒤 들어 온 주

문 건의 메뉴를 차례대로 꼼꼼하게 조리해서 포장하고, 가게로 연이어 들어 온 두 명의 기사한테 배달 봉지를 쥐여주고서야 의자에 털썩 앉았다.

깊은 한숨을 쉰 경우는 책상 서랍을 열어 화상 스프레이를 꺼내 왼쪽 손 엄지, 검지와 그리고 중지에 뿌렸다. 아르바이트생이 얼마나 자주 데이면 화상 스프레이가 있을까?

경우는 계속 조리해야 하니 연고를 바르지 못하고 화상 스프레이만 뿌린 후 조금 있다가 찬물에 다시 손을 씻었다. 그러고 나서 다시 의자에 앉아 휴대전화를 들어 어디론가 전화를 걸었다.

"네, 안녕하세요. 범호, 미호 보호자인데요. 아, 네! 예약 완료되었다고요? 네, 네! 감사합니다! 그리고 저기요, 사장님, 여쭤볼 게 있습니다. 저희 숙소 1층에서 엄마가 주무실 건데 침구류 보충해서 주실 수 있으시죠? 네, 엄마가 다리가 좀 아프셔서 2층으로 가는 계단이 좀 힘드실 것 같아서

요. 1층에는 침대가 없잖아요. 아, 감사합니다!"

경우는 의자에서 벌떡 일어나 하하 웃으면서 허공에 자꾸만 인사를 했다. 휴대전화를 쥔 경우의 왼쪽 손 엄지, 검지, 중지가 빨갰다. 현재의 목구멍이 울컥 울렁거렸다.

18

현재가 휴대전화 알림음에 깜짝 놀라 주위를 두리번거렸다. 깜박 잠이 들었던 모양인데 진동으로 모드 전환을 안 했던 것 같다. 급정거를 자주 하는 버스 운전기사 덕에 멀미가 심하게 와 속이 울렁거렸다.

멀미를 가라앉히려고 심호흡을 몇 번 한 후 휴대전화를 켜니 영상이 와 있다. 경우가 보낸 영상이었다.

"엄마, 바빠서 문자 하기 힘들어, 그냥 영상으로 보내! 펜션 예약 완료! 이번에 범호랑 미호랑 재미있게 놀자! 가족 공지방에 예약 상황 올릴게. 그리고 엄마, 펜션 예약하느라 엄마한테 이번에 돈 주기 힘들 것 같아. 이런저런 핑계로 제대로 준 적도 없지만… 엄마 맛있는 거 사 먹으라고 20만 원 정도 용돈 보내려고 했는데, 극성수기라서 숙박비가 너무 비싸더라. 미안해. 어… 있잖아, 아까 아침에 내가 예민했어. 엄마 바쁜데 재촉한 것 같아. 사장님한테는 이달 말일까지 일하고 그만둔다고 말씀드렸어. 잘했지? 이따 집에서 봐 엄마. 아참, 엄마! 엄마 기타 정말 잘 치더라! 너무 멋졌어. 나 기타 가르쳐 주라!"

현재의 눈이 확 뜨거웠다. 눈이 빨개졌다. 울컥 올라온 눈물 때문에 휴대전화 키보드가 잘 안 보였지만 현재는 눈을 계속 깜박이면서 문자를 보냈다.

"그래, 경우야. 잘했어. 너무 고생했어. 엄마가 고마워, 그리고 엄마가 미안해. 확신의 T라서. 다음부터는 확신의

F로 대답할 수 있도록 노력할게. 고맙고 사랑해!"

참고 문헌

- MBTI란?

- 흑사병

- 코로나바이러스감염증-19

- 록 음악

- 록 밴드 유럽

- 록 밴드 본 조비

- 일렉트릭 기타

MBTI란?

★ MBTI 개요

마이어스-브릭스 유형 지표(Myers-Briggs Type Indicator, MBTI)는 작가 캐서린 쿡 브릭스(Katharine C. Briggs)와 그녀의 딸 이자벨 브릭스 마이어스(Isabel B. Myers)가 카를 융의 초기 분석심리학 모델을 바탕으로 1944년에 개발한 자기보고형 성격 유형 검사로, 사람의 성격을 16가지의 유형으로 나누어 설명한다.

이 지표는 본래 제2차 세계 대전의 발발 이후 징병제로 인해 발생한 인력 부족 및 총력전으로 인한 군수 공업의 수요 증가로 남성 노동자가 지배적이던 산업계에 여성이 진출하게 되자, 이들이 자신의 성격 유형을 구별하여 각자 적합한 직무를 찾을 목적으로 1944년에 개발되었다.

★ MBTI 분류

MBTI에서는 인간의 내적 과정을 다음과 같이 4가지 선호 경향으로 분류한다.

★ 주의 초점 - 에너지의 방향

외향 (Extroversion) 자기 외부에 주의 집중. 다른 누군가에게 발상, 지식이나 감정을 표현함으로써 에너지를 얻는다. 사교적, 활동적

이며 외부 활동에 적극성을 발휘한다. 폭넓은 대인관계를 가지며 글보다는 말로 표현하기를 좋아한다. **경험을 통해 이해한다.**

내향 (Introversion) 자기 내부에 주의 집중. 발상, 지식이나 감정에 대한 자각의 깊이를 늘려감으로써 에너지를 얻는다. 조용하고 신중하며 내면 활동에 집중력을 발휘한다. 깊이 있는 대인관계를 가지며 말보다는 글로 표현하기를 좋아한다. **이해한 다음 행동한다.**

★ 인식 기능 – 사람이나 사물을 인식하는 방식

감각 (Sensing) 오감 및 경험에 의존. 현실주의적인 타입. 실제의 경험을 중시하고 지금에 초점을 맞추어 일 처리 한다. **숲보다 나무를 보려는 경향이 강하다.**

직관 (iNtuition) 직관 및 영감에 의존. 이상주의적인 타입. 아이디어를 중시하며 미래지향적이고 개연성과 의미에 초점을 맞추어 신속, 비약적으로 일 처리 한다. 비유적, 암시적으로 묘사한다. **나무보다 숲을 보려는 경향이 강하며 자신만의 세계가 뚜렷한 편이다.**

★ 판단 기능 – 판단의 근거

사고 (Thinking) **업무 중심 타입.** 진실과 사실에 주로 관심을 가지며 '맞다, 틀리다'의 판단 선호. 이성적이고 논리적, 분석적이며 객관적으로 사실을 판단한다. 원리와 원칙을 중시한다. 논평하기를 좋아한다.

감정 (Feeling) **인간관계 중심 타입.** 사람과의 관계에 주로 관심을 가지며 '좋다, 나쁘다'의 판단 선호. 상황적, 포괄적이며 주변 상황을 고려하여 판단한다. 이성보단 감정에 치우치며 의미, 영향, 도덕성을 중시한다. 우호적인 협조, 공감하기를 좋아한다.

★ 생활양식 – 선호하는 삶의 패턴

판단 (Judging) 분명한 목적과 방향 선호. **계획적이고 체계적**이며 기한을 엄수한다. 깔끔하게 정리 정돈을 잘하며 뚜렷한 자기 의사와 기준으로 신속하게 결론을 내린다.

인식 (Perceiving) 유동적인 목적과 방향 선호. 자율적이고 체계는 없지만 재량에 따라 일정을 변경할 수 있다. **상황에 따라 적응**하며 결정을 보류한다.

주의할 점은, 사람이 외향형이라고 해서 내향적인 성격 요소가 그 사람에게 전혀 없다고 말할 수는 없다. 누구나 위의 여덟 가지 특성을 조금

씩 다 가지고 있으며, MBTI에서 보고자 하는 것은 개인이 각 요소들 가운데 어느 요소의 특징이 더 강하느냐를 알아보는 것이다.

따라서 MBTI를 통해 성격 유형이 16가지만 있다고 할 수 없으며 해당 유형에 속하는 사람들이 대체로 어떤 경향을 보이는지 분류할 수 있을 뿐이다. **[출처 / 나무위키]**

흑사병

★개요

14세기 흑사병(Black Death) 또는 역병(Plague, 플레이그), 대역병(Great Plague, 그레이트 플레이그) 사태는 1346년에 유럽 동부에서 본격적으로 시작되어 1353년까지 유럽 전역을 강타했던 대규모 전염병의 유행을 이른다.

이때 질병의 원인균은 DNA 추적 결과 중앙아시아에서 유입된 페스트균(Yersinia pestis)일 가능성이 유력하며, 2022년 독일/영국 공동 연구팀이 역학조사를 통해 이를 밝혀내는 데 성공했다. 일부 학계에서 에볼라 출혈열 등의 이견이 있으나 주류는 아니다.

여기에 더하여, 만약 14세기 직전의 소 창궐과 15세기 이후 3차 대

역병의 유행이 모두 같은 페스트의 창궐이었다면, 페스트는 인류 역사상 가장 커다란 피해를 입혔던 범유행 전염병이 된다.

사태 이전 세계 인구는 4억 5천만 명에 달했으나, 대역병의 풍파가 지나간 후 15세기에는 3억 5천만으로 줄었다. 최소 1억 명의 인명 피해가 발생한 것이다. 이외에 정확하지는 않으나 전 세계적으로 2억 명이 넘는 사람이 같은 시기 사망한 것으로 알려져 있다. 이는 역사상의 한 기간에 발생한 사망자 통계 가운데 가장 급격한 증가이다.

특히 그 기세는 1348년에서 1350년 사이의 3년간 최고조에 달하여, 유럽 인구의 1/3에서 절반에 이르는 사람이 사망했다. 지역에 따라 발병률의 차이가 있기 때문에 벨기에나 폴란드의 경우 사망률이 20%에 그쳤던 곳도 있으나, 보다 극심한 지역은 사망률이 80-90%까지도 집계되었다.

★명칭

본래 'Plague(플레이그)'는 그 자체로 '역병'이라는 뜻이었고 페스트 역시 같은 뜻이었으나, 사태 이후 사실상 중세 흑사병 또는 흑사병의 원인균을 칭하는 말로 변했다. 이를 사전적 의미와 구분하기 위해 'bubonic plague'라 칭하기도 한다.

중세 흑사병을 가리키는 'Plague'는 대문자로 쓰고 정관사 the를 쓰지 않는다. 아예 일부 언어에서는 Plague 단어에 대해 따옴표로 표기

하거나 모든 문자를 대문자로 처리하기도 한다.

즉, 'Plague'를 고유명사로 취급한다는 것인데, 거의 모든 인도유럽
어족 언어에서 14세기 흑사병을 표현할 때에는 관사 없이 대문자로 표
기하는 관습이 남아 있다.

**그만큼 역병의 대표적 사례이자 많은 사람이 죽은 사태였다는 뜻
이다. 이를 더 강조해서 '대역병', 즉 '그레이트 플레이그(Great
Plague)'라고도 불린다.**

★원인

중세 유럽을 휩쓴 이 역병의 원인균은 주로 페스트균(Yersinia
pestis)으로 알려져 있으나, 중세 당시에는 현대와 같이 체계적인 의학
기록을 남기지 않았기 때문에 이를 확정하기는 어렵다. 여기에는 몇 가
지 소수 가설도 있다.

치사율이 높은 여러 세균성 감염의 증후군이었다는 설, 에볼라 바이
러스의 조상 격 되는 바이러스가 원인이었다는 설, 탄저병이 원인이었다
는 설 등이 제시된다.

**그러나 가장 유력한 이론은 역시 페스트균에 의한 감염이며, 특히 쥐
가 옮기는 벼룩에 의해 페스트균(Yersinia pestis)이 전파된 것이 원
인이라고 한다.**

현대에 이르러, 북유럽·남유럽의 희생자들의 사체에서 추출한 죽은 세

포의 DNA를 분석하여, 이들이 페스트균에 의해 사망했다는 것을 밝혀내기도 했다. 일련의 연구에 따르면, 이 시기 있었던 모든 역병의 창궐이 페스트균의 단일적 소행임은 확실하지 않으나 페스트가 주축이 된 것은 확실해 보인다.

그리고 2022년 독일 막스 플랑크 진화인류학연구소 볼프강 하크·요하네스 크라우제 박사와 영국 스털링 대 필립 슬라빈 교수 공동연구팀이 "흑사병은 1338년 또는 1339년 키르기스스탄에서 시작된 것으로 나타났다."라고 네이처에 역학조사 연구 결과를 발표하였다.

이 시기 키르기스스탄 이식쿨 호수(Lake Issyk-Kul) 인근 매장된 시신 7구의 치아에서 DNA를 추출해 분석한 결과, 3명의 DNA에서 흑사병을 일으키는 박테리아가 발견된 것이다. 이는 1346년 유럽에 흑사병이 전파되기 8년 전으로, 상인들이 거주하던 마을을 중심으로 퍼진 것으로 추정된다.

★전파

역병의 전파 경로에는 여러 추측이 있다. 북아프리카에서 시작되어 중앙아시아를 거쳐 유럽으로 유입되었다는 설, 혹은 인도에서 시작되어 서아시아를 거쳐 유럽으로 유입되었다는 설도 있으나, 가장 유력한 설은 몽골의 지배하에 있던 중앙아시아 평원 지대에서 시작되어 동유럽의 해상 교역로를 따라 유럽 전역에 퍼졌다는 설이다. 이 설에 따르면 전염 루

트는 다음과 같다.

★몽골의 크림 반도 침공과 생물전

흑사병의 원인인 페스트균은 중앙아시아의 스텝 기후 지대에 서식하는 쥐 등의 설치류에 기생하던 쥐벼룩을 중간 숙주로 하는 박테리아로, 몽골 제국의 킵차크 칸국 유목민들이 쥐와 접촉하면서 그 감염이 시작되었다.

1347년에 킵차크 칸국의 군대가 크림 반도에 있는 제노바의 식민도시 카파를 침공하였는데, 제노바 시민과 몽골군 사이에서 공성전이 벌어졌다. 이 전투에서 몽골군 부대는 흑사병으로 죽은 사람의 시체를 투석기에 담아 성안으로 쏘아 보내는 일종의 생물학전을 시도하였다.

동서를 가리지 않고 중세 공성전 전술 가운데는 죽은 적군 시체나 동물 시체를 성안으로 날려 보내는 전술이 존재 했다.

특히 비슷한 전법을 드라큘라 백작으로 유명한 블라드 가시공도 사용한 바 있다. 아무튼 이러한 전투의 결과, 카파 시내에서 대역병의 시작을 알리는 감염이 발생하였다. 아군이 적의 시체를 수거하고 운반하는 동안 쥐벼룩을 비롯한 보균 요인이 들러붙을 수는 있기 때문이다.

몽골군도 질병 피해가 발생한 만큼 결국은 철수해야 했을 것이었고, 제노바령 카파는 그렇게 생존했지만, 이 전투가 전 유럽을 지옥으로 몰

아놀는 대유행의 서막이 될 것이라고는 그 누구도 몰랐다는 것이 이 설의 주요 내용.

이 이야기는 이탈리아 피아첸차의 공증인 가브리엘레 데 무시스(Gabriele de Mussis)가 쓴 연대기에만 기록되어 이것이 유일한 근거 자료인데, 무시스는 이 사건을 마치 자신이 실제로 목격한 것처럼 기록했지만, 그는 카파 공성전 당시 고향인 피아첸차에 머무르고 있었다.

또한 이 연대기가 기록된 것은 공성전이 일어난 20년 후인 1367년이라는 점에서 항간에 떠도는 무용담이나 풍문 같은 이야기를 그대로 받아 적은 것이 아닌가 하는 의혹을 받고 있다.

카파 공성전이 벌어지고 있던 시점에서 다른 항구 도시들에 이미 흑사병이 퍼지는 중이었다는 것이 일반적인 학설이다.

★죽음의 배 (Death ships) 사건

1347년 10월경, 흑해에서 출발한 12척의 제노바 적(籍) 상선이 시칠리아의 메시나 항에 도착했다. 그런데 선단의 선원들은 대부분 사망한 상태였으며, 생존자 역시 전신을 광범위하게 뒤덮은 고름과 검은 부종을 보이며 죽어가고 있었다.

곧 주민들은 선원들이 끔찍한 괴질에 걸려 있다는 것을 알아챘다. 이 소식이 전해지자 시칠리아 당국은 해당 선단을 즉시 항구에서 떠나도록 명령했으나, 그들이 떠난 직후 항구 주민들 역시 선원들과 비슷한 증상

을 보이면서 죽어 나갔다.

괴질은 삽시간에 시칠리아 전체로까지 퍼졌으며, 주민들이 이탈리아 각지로 이동하면서 제노바, 피사, 그리고 베네치아에서도 감염자가 발생했다.

★유럽 대륙으로의 전파

1347년 연말에 프랑스의 마르세유에 흑사병 감염이 보고되었다. 마르세유에서는 질병의 확산을 막기 위해 고군분투했으나 실패로 돌아갔다. 이듬해인 1348년에는 프랑스 전역에서 감염자가 발생했으며, 이베리아 반도의 아라곤 왕국에까지 퍼져나갔다.

1349년에는 영국의 웨이머스(Weymouth) 항에 흑사병이 도착하여, 수개월 뒤 런던을 거쳐 스코틀랜드까지 전파되었다. 1350년에는 북유럽 일부 국가를 제외한 유럽 전역에서 흑사병 감염자가 발생했다.

감염은 인구가 밀집해 있던 대도시에서 특히 심했으며, 상대적으로 낙후하여 산촌 형태의 도시 구조가 유지되었던 곳에서는 높은 생존율을 보였다.

유동 인구가 적었던 알프스산맥과 피레네산맥 일대의 마을들, 또 최초 감염지에서 먼 내륙에 위치해 인구 유입을 차단할 시간이 있었던 벨기에나 폴란드 일부 지방에서는 대부분의 주민이 생존할 수 있었다. 이

유행은 1351년 이미 수천만 명이 죽고 나서야 비로소 소강상태에 들어
갔다.

그리고 여기에 더해 사이비 종교가 기승을 부려 더욱 흑사병 확산에
일조하였다. 이 사이비 종교 신도들은 "흑사병은 하나님께서 우리에게
내리신 벌이다!"고 주장하며 스스로 나체로 십자가를 짊어지고 다니며
자신의 몸에 채찍질을 하고 다녔다.

이것을 '채찍 고행'이라고 부르며 그들을 '채찍 고행단(Flagellant)'이
라고 불렀다. 그렇게 자해를 하는 것이 하나님께 회개하는 길이라고 외
치고 다녔지만, 문제는 이 도움도 되지 않는 멍청이들이 채찍을 갈기면
서 길거리 곳곳에 자신의 피를 뿌리고 다녔고 결국 그 때문에 더욱 흑사
병 확산이 가속화되었다.　　　　　　　　　　　　　　　[출처 / 나무위키]

코로나바이러스감염증-19

★ 명칭

발병 초창기엔 "우한 폐렴"이나 "신종 코로나 (바이러스)"를 썼으
나 WHO에서 제네바 현지 시각으로 2020년 2월 11일 공식 명칭
을 COVID-19로 확정하였으며, 한국에서는 코로나바이러스감염

증-19(줄여서 코로나19)로 번역하였다.

원인 바이러스에 대해서는 국제 바이러스 분류 체계 위원회에서 해당 바이러스를 SARS-CoV의 변종으로 보고 SARS-CoV-2로 명명하였다.

* 상세

대한민국에서 쓰는 명칭인 '코로나19'는 '코로나십구'가 아닌 '코로나일구'로 읽어야 한다. 하지만 영문 정식 명칭은 '코비드 원나인'이 아닌 '코비드 나인틴'이며, 독일어 정식 명칭도 '코비드 노인첸(COVID-Neunzehn)'이다.

2019년 11월부터 중국에서 최초 보고되고 퍼지기 시작해 현재까지 전 세계에서 지속되고 있는 범유행 전염병이자 사람과 동물 모두 감염되는 인수공통전염병이다. 또한 제1급 감염병 신종 감염병 증후군의 법정 감염병이었다.

2019년 12월 1일 최초 보고 내용에 따르면 2019년 11월 17일에 중국 후베이성 우한시에서 최초로 발생하였다. 대한민국을 포함한 세계 각국에서는 중국의 우한에서 최초로 시작된, 폐렴 증상이 나타나는 질병이라 하여 초기에 이 질병은 우한 폐렴(Wuhan pneumonia)이라 불렸었다.

2020년 1월부터 본격적으로 중국을 넘어 아시아권부터 퍼지기 시작

해 2월 중순부터 전 세계로 퍼지기 시작했고 3월 말까지 전 세계의 모든 국가, 그리고 모든 대륙으로 확산되며 수많은 확진자와 사망자를 기록하였다.

세계보건기구(WHO)는 2020년 1월 31일, 국제적 공중보건 비상사태를 선포하였고, 2월 28일부로 코로나바이러스감염증-19의 전 세계 위험도를 '매우 높음'으로 격상하였으며, 3월 11일 코로나바이러스감염증-19가 범유행 전염병임을 선언하였다.

2020년 10월 6일, WHO는 무증상 확진자 같은 곳곳에 숨은 전파자를 고려하여 실제 통계치보다 20배 이상 많은 전 세계 인구의 약 10%(약 7억 6,000만 명)가 코로나바이러스감염증-19에 걸린 것으로 추정된다고 밝혔다.

물론 추정치기는 하나 감염자 수가 5억 명이던 스페인 독감보다 많고, 신종플루 추정치와 비슷한 수치인 것만으로 엄청나다고 할 수 있다.

2020년 4월부터 코로나19가 장기화되자 온라인 사회 등으로 일상이 많이 변화되며 코로나 종식 이후는 2020년 1월부터 2월 중순까지의 이전 삶과 달라진다는 예측도 많이 나오고 있다. 그로 인해서 포스트 코로나라는 말이 생겨났다.

결국 2020년 12월 23일부로 전 세계 누적 확진자가 7,830만 명을 돌파하면서 당시 전 세계 인구 78억 3,000만 명 중 1%, 즉 100명 중

1명이 감염된 셈이 되고 말았다. 2021년 1월 26일에 전 세계 누적 확진자가 1억 명을 돌파하였다.

또한 2021년 5월 8일에 전 세계 누적 확진자가 1억 5,700만 명을 돌파하면서 당시 전 세계 인구 78억 6,000만 명 중 2%, 즉 50명 중 1명이 감염된 셈이 되었다. 220개 국가와 지역, 2개의 비국가적 선박에서 확진자가 나왔으며 2021년 8월 4일 4시 기준으로 전 세계 총 확진자 수가 세계 인구의 약 2.5%에 해당하는 2억 명을 돌파하였다.

이는 전 세계적으로 대유행하여 약 672만 명(다만, 추정치는 7억에서 14억 명)이 감염되었던 2009년 인플루엔자 범유행보다 무려 약 29,5배의 사람들을 감염시킨 것이다. 그리고 2021년 10월 10일에 전 세계 누적 확진자가 2억 3,700만 명을 돌파하면서 당시 전 세계 인구 78억 9,900만 명 중 3%, 즉 33명 중 한 명이 감염된 셈이 되었다.

2022년 1월 7일에는 마침내 전 세계 누적 확진자가 전 세계 인구의 3.8%에 해당하는 3억 명을 돌파하였다.

전 세계 누적 확진자 수가 3억 명을 돌파한 지 얼마 되지 않아 2022년 1월 12일에는 전 세계 누적 확진자 수가 3억 1,600만 명을 돌파하면서 당시 전 세계 인구 79억 2,000만 명 중 4%가 확진되었는데, 이는 25명 중 한 명이 감염된 셈이다.

또한 2022년 2월 7일에는 전 세계 누적 확진자 수가 3억 9,600만 명을 돌파하며 20명 중 1명이 감염된 셈인 당시 전 세계 인구 79억

2,600만 명 중 5%가 확진되었으며 다음 날인 2월 8일, 전 세계 누적 확진자 수가 4억 명을 돌파하였다.

2022년 3월 24일에는 전 세계 누적 확진자 수가 4억 7,600만 명을 돌파하며 당시 전 세계 인구 79억 3,600만 명 중 6%가 확진되었는데, 16.7명 중 한 명이 확진된 셈이다. 그리고 2022년 4월 확진자가 5억 명을 돌파하였다.

또한 코로나19의 잠정 치사율은 국가 원수급 지도자들을 포함해 수많은 유명인이 감염되거나 사망하기도 했으며 종교, 정치, 경제, 교육, 문화, 스포츠, 군사, 외교 등 영향을 받지 않은 곳이 없다.

[출처 / 나무위키]

록 음악

★ 개요

록 음악(Rock music)은 미국에서 기원하여 1960년대~2000년대 후반까지 전 세계적으로 크게 유행한 대중음악 장르의 하나이다.

20세기 초 미국의 블루스, 컨트리 뮤직, 가스펠 등에서 유래된 로큰롤에서 직접적으로 기원했고, 1950년대 이후 다양한 서브 장르로 분화

되어 미국과 영국을 중심으로 큰 유행을 거듭하며 발전하였다.

'록'이라는 단어는 굉장히 포괄적으로 수많은 종류의 음악을 일컫지만, 대개 보컬리스트, 일렉트릭 기타, 일렉트릭 베이스, 드럼 등의 악기 연주와 4분의 4박자 벌스-코러스 형식으로 특정된다. 가사는 보통 통속적, 문학적, 정치적인 메시지 등을 포함하여 다양한 주제를 다룬다.

★ 명칭

보통 Rock을 미국식 영어 발음대로 "락"이라고 읽는 경우가 더 많다. 덕분에 TV 프로그램 등에서 말하는 사람은 락이라 하는데 자막은 록으로 나오는 현상이 벌어진다.

그러나 규범 표기는 엄연히 '록'이니 주의하자.

★ 특징

"이 세상에 존재하는 록 밴드의 수만큼 다양한 종류의 록이 있다."고 할 정도로 록은 그 정의가 넓은 장르이다. 그럼에도 불구하고 가장 특징적인 요소라면 60년대에 등장하여 널리 퍼진 앰프에 연결하여 소리를 증폭시킨 일렉트릭 기타가 있으며, 그 연주법은 블루스에 기반을 둔 펜타토닉 스케일과 슬라이딩, 벤딩 등의 연주법이 있다.

현대 대중음악은 전부 미국 흑인의 음악 문화에서 왔다고 해도 과언이 아닌데, 그중 척 베리나 시스터 로제타 사프와 같은 로큰롤의 선구자들에 의해 블루스 기타와 보컬이 록의 근간을 이뤘다.

즉, 흑인들의 블루스에서 비롯된 정제되지 않은 리듬과 즉흥성에서 오는 강렬한 리듬감은 록의 중추로서 작용한다. 또한 거기에 주선율을 놓고 코러스와 벌스가 반복되는 구조는 컨트리 뮤직과 포크 음악에서 비롯되어 엘비스 프레슬리의 등장으로 인해 정립되어 현재까지 전해오는 록의 형태가 갖추어지게 되었다.

반복성 또한 록 음악의 특징. 인상적인 리프나 라인, 혹은 보컬이 몇 번이고 반복되어 가사보다는 음악 자체에 집중하게 된다. 록 음악 장르의 명곡들을 들어보면 대개 인상적인 부분이 계속 반복되는 것을 알 수 있다.

또한 보편적으로 4/4박자의 드럼 리듬이 가장 널리 쓰이며, 더 후나 레드 제플린 등의 영향으로 인해 보컬리스트, 기타리스트, 베이시스트, 드러머로 구성된 4인조 형태나 비틀즈 등의 영향으로 기타리스트 2명, 베이시스트, 드러머로 구성된 4인조 형태에 다른 세션이 추가되는 밴드 구성이 가장 흔하다.

또한 지미 헨드릭스의 영향으로 디스토션 효과를 먹여 찢어지는 소리가 나는 기타 또한 록을 상징하는 요소 중 하나이다.

이 록에 대해서는 롤링 스톤스의 키스 리처즈가 남긴 말이 있다. "우리는 블루스 음악을 하려 했지만, 블루스건 록큰롤이건 흑인 특유의 "롤"이 안돼서 결국은 록에 힘을 준 다음 조금 더 템포를 빨리했더니 지금의 스타일이 됐다."고 한다.

앞서 엘비스 프레슬리가 흑인처럼 노래하는 백인이라는 말을 들었을 만큼 이 흑인음악의 롤이라는 개념이 흑인 특유의 감성과 흑인 영어의 억양 때문에 매우 따라 하기 어려워서 그들이 배운 록 & 롤에서 미국의 백인 뮤지션, 영국의 뮤지션들이 롤보다 록에 주목한 결과 탄생한 것이 지금의 록 음악이라고 할 수 있다.

★ 음악사적 영향

1950년대부터 2000년대 후반까지 약 반세기 동안 대중음악을 지배한 장르이다. 50년대의 역사적인 첫걸음에 이어 60년대는 저항성과 개척정신, 70년대는 예술성과 세련미, 장르의 세분화가 중심이 됐으며, 그 후 80년대는 상업화, 90년대는 분해와 재조합을 겪었다.

2010년대 이전 팝 음악은 록 음악적인 색채를 지닌 음악을 지칭했을 정도로 긴 세월 동안 대중음악계에서 록의 영향력은 매우 컸다. 2010년대 이후 록 음악의 영향력은 많이 줄었다.

컴퓨터와 음악 소프트웨어의 발전 때문이다. 전통적인 악기의 도움을 받지 않고도 다양한 음을 쉽게 낼 수 있게 됨에 따라, 음악은 악기라는 물리적인 제한에서 벗어났다.

이에 따라 힙합이나 일렉트로닉 등 연속적인 멜로디가 아니라 끊어지는 비트 위주로 전개되는 음악이 크게 발전하였고, 악기의 한계로 인해 한정적이고 연속적으로 이어지는 멜로디를 내던 록 음악의 영향력은 감소했다.

솔로 가수가 메인스트림이던 시대를 한동안 밴드 음악이 중심이 되게끔 주류로 바꾼 것도 록 음악이다. 록 음악의 성공으로 생산의 중심 주체가 '가수' 등 솔로 뮤지션에서 록'밴드' 단위로 바뀌어서 록 밴드가 대세가 되었고, 그 록 밴드의 악기 구성이 일렉트릭 기타, 일렉트릭 베이스, 드럼으로 완전히 정형화되고 정착되었다.

여기에다 세컨드 기타나 키보드 등이 추가되거나, 기타리스트가 리드싱어를 겸하거나 하는 식으로 밴드마다 약간의 가감이 있어서 대개 3~5인조의 멤버 구성이 대부분이다.

이러한 구성은 대부분의 밴드가 그렇다는 것뿐, 70년대 프로그레시브 록 시대부터 수많은 하위 장르들이 우후죽순 등장하며, 단순히 악기 구성만으로 록을 정의하긴 힘들어졌다.

록이라는 장르 자체가 매우 광범위하며 스펙트럼이 넓다. 현재는 다시금 솔로 가수들의 영향력이 확장됨에 따라 밴드 음악이 일정 부분 쇠퇴하면서 약간 빛바랜 감이 있는 업적이라 할 수 있다. **[출처 / 나무위키]**

록 밴드 유럽

★ 개요

스웨덴 출신의 5인조 하드 록 밴드. ABBA의 인기를 잇는 스웨덴의 대표적인 밴드이다. 대표곡으로는 웅장하고 익숙한 인트로로 스포츠 경기나 행사에서 자주 쓰이는 The Final Countdown과 애절한 발라드인 Carrie가 있다.

2024년 현재도 여전히 초창기의 라인업 그대로 활발하게 활동 중이며 40주년 투어를 돌고 있는 장수 밴드이다.　　　　　[출처 / 나무위키]

★ 현재 활동 중인 클래식 멤버

조이 템페스트 (메인 보컬)

존 노럼 (리드 기타리스트)

존 레븐 (베이시스트)

믹 미카엘리 (키보디스트)

이안 하우글랜드 (드러머)

록 밴드 본 조비

★ 개요
본 조비(BonJovi)는 1980년대를 풍미한 전설적인 미국의 록 밴드이자 현재까지도 현역으로 활동하고 있는 전설이다. 역사상 가장 성공한 팝 메탈 밴드로 꼽힌다.　　　　　　　　　　　　　[출처 / 나무위키]

★ 현재 활동 중인 멤버
존 본 조비 (리드 보컬)

Phil X (리드 기타, 백킹 보컬)

티코 토레스 (드럼, 타악기)

데이비드 브라이언 (키보드, 백킹 보컬)

휴 맥도널드 (베이스 기타, 백킹 보컬)

★ 클래식 멤버
리치 샘보라 (리드 기타, 백킹 보컬, 2013년 탈퇴)

알렉 존 서치† (베이스 기타, 백킹 보컬, 1994년 탈퇴, 2022년 사망)

일렉트릭 기타

★ 개요

Electric guitar 현의 울림을 자석과 코일로 구성된 마그네틱 픽업을 이용해 전기신호로 변환시켜 앰프로 증폭/출력하는 기타. 줄을 손이나 피크 등으로 튕겨서 소리를 내는 발현악기다.

자석과 코일로 구성된 마그네틱 픽업이 아닌, 피에조 픽업 들을 사용하는 일렉트릭 어쿠스틱 기타는 여기 속하지 않으며 따로 분류한다. 단, 어쿠스틱 기타에 마그네틱 픽업을 장착하여 사용한다면 여기 넣을 수도 있다.

정식 한국어 명칭 한국어로 번역하면 전기 기타가 된다. 그런데 종종 전자 기타로 잘못 부르는 경우가 있다. 전기와 전자는 다르다. 만약 일렉트론 기타(electron guitar) 또는 일렉트로닉 기타(electronic guitar)라는 것이 있다면 전자 기타라고 번역해야 할 테지만, 그런 것은 존재하지 않는다.

심지어 영어권에서도 가끔 실수하는 사람이 있는 모양. 물론 일렉트릭 기타 내부에 전자 회로가 들어갈 수 있는 것은 맞으나, 전자 악기와 전기 악기는 발음 메커니즘 자체가 확실히 구분되기 때문에 현존하는 일렉트릭 기타는 전기 기타로 번역하여야 하며 용어를 혼동하면 안 된다.

　현에 의존하지 않고 완전히 전자적으로 음을 합성하는 기타라면 전자 기타로 불러야 할 것이지만, 그런 기타는 영문 명칭도 electronic guitar가 될 것이다.

　신기하게도 비슷한 잘못이 다른 악기에서도 흔히 보인다. 전자 바이올린이 대표적인 예. 심지어 전기 악기를 통틀어 전자 악기로 잘못 칭하는 경우도 있다. 전기를 사용하지만, 여전히 기계적인 방식으로 음을 생성한다면 "전기"를 붙이는 것이 맞다.

　이런 혼동이 일어나는 이유는 '전기'와 '전자'의 언어적 뿌리가 같기 때문이다. 같은 電子가 들어가는 한자어는 말할 것도 없고, 영어로 보더라도 전기(Electricity)는 전자(Electron)로 인해 생기는 힘이고 어원을 거슬러 올라가면 고전 그리스어 ἤλεκτρον(보석 호박)에서 파생된 단어이기 때문이다. **[출처 / 나무위키]**

등장인물의 말

사실 현재는 늘 꿈꾸는 것이 있었다.

기억하고 싶은 순간들, 너무 아름다운 순간들을 이미지와 영상으로 남길 수 있다면 얼마나 좋을까 하고 말이다. 또 범죄 현장을 눈 깜박임과 동시에 이미지와 영상으로 남길 수 있다면 얼마나 효율적이겠는가.

대신 범죄 현장 외에는 좋은 일만 남을 수 있어야 좋을 것 같다.

청년 때 크리스마스이브의 교회에서 밤새고 새벽에 친구들과 함께 콩나물국밥을 먹으러 가던 그 추운 날의 차가운 공기, 가슴 가득 들어오던 상쾌한 거리의 느낌, 그리고 꾸벅꾸벅 졸면서도 옹기종기 앉아 크리스마스 당일 예배를 드리던 표현할 길 없는 따스한 마음의 색깔.

그 시절 바로 그때 눈을 깜박하면 사진이 찍히고, 생생하게 오감으로 느낄 수 있는 영상을 남길 수 있었다면 얼마나 좋을까? 중학교 졸업식 때 오신 현재의 엄마와 현재의 언니, 꽃다발을 든 세 모녀의 벅찬 떨림을 남겨 놓을 수 있었다면 얼마나 좋을까?

상상의 날개를 훨훨 달고 사는 경우는 '하늘에서 영화를 볼 수 있다면 참 좋겠다.'라는 상상을 했다. 스마트폰으로 영화관람 요금을 결제하면 어디서든 영화를 볼 수 있는 것, 너무 멋진 일이다.

어릴 때 재미있게 읽은 공상과학 만화책에서의 일들이 현재 이루어진 것들도 솔직히 많다. 그 당시에는 "에이, 이런 일이 어디 있어!"라는 말도 안 되는 것들이 말이다.

이 책에서 소박하지만, 진지하게 이루어지는 마법과도 같은 일들이 미래에 이루어지지 말라는 법은 없다. 현재와 경우는 그날을 꼭 만나고 싶다.

하늘에서
영화가
내린다면

초판 1쇄 발행일 : 2024년 11월 13일

글쓴이   홍기자
펴낸이   홍수진

펴낸곳   찜커뮤니케이션
          등 록 번 호   제 2015-000041호
          등 록 일 자   2015. 03. 03
          주   소   서울특별시 동대문구 장한로 18길31 201동 806호
          전   화   070-4196-1588
          팩   스   0505-566-1588
          이 메 일   zzimmission@naver.com
          포 스 트   찜커뮤니케이션출판
          트 위 터   @zzim_hong
          인스타그램   @book7book

표지 / 본문 일러스트 : B & S Design
본문 편집 : 백미숙

값 : 13,000원
ISBN : 9791187622239